Maria Poetschke

Abigail und Jotam

Maria Poetschke

Abigail und Jotam

Roman
aus biblischer Zeit

Quell

Meinem Vater
Curt Godduhn
1879–1946

ISBN 3-7918-1710-8

1. Auflage 1993
Umschlagbild und Gestaltung: Klaus Dempel, Stuttgart
Gesamtherstellung: Maisch & Queck, Gerlingen

Inhalt

Jotam und Gideon

Jotam und Abimelech

Jotam und die Lade

Jotam und Samuel

Jotam und Gideon

Das Deckelchen

Auch im zweiten Jahr nach der Geburt Abigails hatte sich die offene Stelle an ihrem Hinterkopf nicht verknorpelt und geschlossen. Und noch immer fühlte die Mutter, sobald Abigail schrie und mit ihren Armen und Beinen zornig um sich schlug – und das tat sie oft und gern –, mit ihren Fingerspitzen unter der hauchdünnen Kopfhaut das Pulsieren des Gehirns. Da – im zweiten Jahr erst – erschrak sie und bat ihren Mann, in Sichem eine flach gehämmerte Bronzeplatte zu besorgen, eine Handbreit groß. Der Vater Abigails, der von seiner Tochter bis dahin kaum Kenntnis genommen hatte – denn seit wann zählte und vermerkte man in Israel die Töchter? –, hörte zuerst kaum auf die Bitte der Frau, versprach auch nichts … und tauschte dann doch in Sichem eine einjährige Ziege gegen eine kleine Scheibe aus Bronze bei einem Händler aus Ugarit ein. Nachlässig und fast wie nebenbei warf er nach seiner Rückkehr den blank geschliffenen Teller in den Schoß der auf der Erde kauernden Frau.

Am Tag danach holte Abigails Mutter einen Klumpen Bienenwachs aus den Bienenröhren, knetete ihn in den Händen so lange, bis er weich und geschmeidig war, und legte ihn auf den Deckel des Kleiderkastens. Dann nahm sie einen kleinen Tonkrug und rollte ihn so lange über den Wachsklumpen, bis dieser flach wie ein Fladen auf dem Holz lag. Abigail, die neben dem Kasten stand und sich mit ihren kräftigen Ärmchen an ihm festhielt und nur mit ihrer Nasenspitze über den Kasten reichte, zeigte auf den gelben Fladen, sah die Mutter an und schmatzte mit den Lippen, denn sie glaubte, daß man das, was dort gelblich lag, essen könne. Aber die Mutter setzte das Mädchen auf die Erde und sagte: »Sitz ganz still, beweg dich nicht – bleib ganz still sitzen!« Sie legte ihr den weichen Fladen auf den Kopf, drückte ihn sanft und vorsichtig fest und strich immer wieder mit den Fingerspitzen das Wachs glatt, daß es über dem Hinterkopf weder eine Delle noch einen Huckel bildete. Dann nahm sie das nasse und kalte Tuch aus der Wasserschüssel, die sie schon vorher neben den Kleiderkasten gestellt hatte, und legte es auf Abigails Kopf. »Sitz still, sitz ganz still, mein Kleines – es ist gleich vorbei!« flüsterte sie in das Gesicht des Kindes, das sich unter dem tropfenden Tuch auf seinen Haaren weinerlich verzog. Und dann endlich, als sie das Tuch mehrmals gekühlt und auf die Wachshaube gelegt hatte, nahm sie die hartgewordene Form ab: ein Abdruck vom Kopf des Kindes.

Der Vater, der in das Haus gekommen war, ohne daß die Mutter und das Mädchen ihn bemerkt hatten, denn er hatte schweigend und staunend zugesehen, sagte: »Warum machst du das?«

»Damit du aus der Scheibe einen Deckel machen kannst!«

»Einen Deckel?«

»Für das Loch in ihrem Kopf.«

»Sie hat ein Loch im Kopf?« fragte der Mann fassungslos.

»Nicht im Kopf – hier im Knochen, du kannst es fühlen…« Vorsichtig legte die Mutter die Wachsform zur Seite.

»Wo ist das Loch?« fragte der Mann verwirrt, kniete sich nun aber neben das Kind auf die Erde und sah auf das dunkle und glatte Haar Abigails.

»Hier«, sagte die Mutter und blies leicht auf den Hinterkopf des Kindes, das alles geduldig an sich geschehen ließ. »Komm, gib mir deinen Zeigefinger!« Vorsichtig und zart führte sie den Finger ihres Mannes – hart und rissig von der Arbeit im Weinberg – über den festen und harten Schädel unter den seidenfeinen Haaren, bis der Mann plötzlich zusammenzuckte.

»Siehst du, und dafür mußt du ihr einen kleinen Deckel machen, denn das wächst nun nicht mehr zu! Hier ist die Form, die habe ich für dich gemacht, mehr kann ich dir dabei nicht helfen.«

Der Mann sah in ihren Augen, daß sie ihm vertraute und nie verstanden hätte, daß er sich für seine Tochter keine Mühe und Arbeit machen wollte; so konnte er nicht anders, als die Wachsform vorsichtig aufzuheben und auf den Hof zu tragen. Die Frau aber flocht aus Wolle einen breiten, weichen Zopf, nähte ihn in ein Stück gebleichtes Leinen – selten und kostbar – und sagte dann zu ihrem Mann: »Schlag Löcher in den Rand des Deckels!«, und das tat er. Dann nähte sie den Polsterring unterhalb des gewölbten Deckels fest. So konnte er weder auf der dünnen Haut drücken noch die Kinderhaare zerreiben.

Wie eine goldene Mondscheibe leuchtete nun der Dekkel, den der Vater mit Kreisen und Punkten verziert hatte, auf Abigails Kopf. Lachend griff das Mädchen nach dem blanken Kopfschmuck, nahm ihn ab und sah ihn genau an, drehte und wendete ihn vor seinen Augen und lachte erstaunt, als es das huschende und flimmernde Licht und einen sich bewegenden und sich seltsam verändernden Kreis sah, der doch nur der Umriß ihres Gesichtes war.

»Das hält nicht, es fällt ihr vom Kopf!« sagte der Mann.

»Es hält«, antwortete ihm seine Frau, legte die Mondscheibe wieder auf Abigails Kopf, griff in die Falte ihres

Obergewandes – das sie im Gürtel hochgesteckt hatte, um besser knien zu können – und zog die Lederkappe hervor, die sie dort vor seinen Augen versteckt hatte. Aus weichstem Ziegenleder hatte sie die Kappe genäht, die sie dem Kind jetzt aufsetzte, wobei sie vorsichtig das Deckelchen aus Bronze an der richtigen Stelle festhielt und die Kappe dann unter dem runden Kinn Abigails zuband.

»So – nun bist du fertig, lauf auf den Hof!«

Mit ausgebreiteten Armen stolperte das Kind in das Licht der Tür, kroch über die Schwelle und lief auf den Hof.

»Jetzt kann ihr nichts mehr geschehen!« sagte die Mutter und sah ihr nach.

Von dem Tag an riefen die Kinder – schrill und hoch – *Lederkopf, Lederkopf!* hinter ihr her, sobald sie sie sahen. In diesem Jahr wurde Jotam, Gideons letzter Sohn, geboren.

Die Kerbe

»Stehst du auch gerade?« fragte Jotams Mutter und sah mißtrauisch auf die Beine des Jungen. Aber Jotam hatte die Knie durchgedrückt und die Schulterblätter an das Holz des Türpfostens gepreßt. Ihm machte es nichts aus, daß er seit dem letzten Passafest wieder nicht größer geworden war; aber das Gesicht seiner Mutter, die sich weit zu seinem Kopf hinunterbeugte, würde noch trauriger sein als beim letzten Mal: denn sie maß seine Länge, hielt fest mit einer Kerbe, wie viel er in einem Jahr gewachsen war.

Flach lag die Eisenklinge auf Jotams Kopf, ohne sein Haar – dunkel und kraus – zu fest an den Schädel zu drükken, damit die Messerspitze den Einschnitt im Holz vielleicht doch ein ganz, ganz klein wenig höher als im Vorjahr einritzen konnte!

Aber als das Kind unter dem Arm der Mutter hervorkroch, sah sie, daß nun auch die dreizehnte Markierung nicht einmal um die Breite eines Haares höher lag als die zwölfte. Bis zur neunten Kerbe lagen die Einschnitte übereinander, aber als die zehnte sich mit der neunten deckte, hatte die Mutter den Einschnitt der elften *neben* den des Vorjahres in das Holz gezeichnet. So sah sie nun mit erschrockenen Augen auf dem Türpfosten die fast waagerechte Linie, die sich hell auf dem grauen Holz abzeichnete. Jetzt wußte sie: Jotam hatte aufgehört zu wachsen, er würde auch in den kommenden Jahren nicht größer werden. Unnütz war es geworden, ihn von nun an am Tage nach dem Passafest an den Türpfosten zu stellen! Er würde ein Zwerg bleiben sein Leben lang. Was hatte sie getan, daß der HERR sie mit dieser Mißgeburt bestrafte? Wie glücklich war Gideon gewesen, als sie, die so viel jünger war als er, schwanger wurde! Und wie stolz war er, als die Frauen ihm den Sohn in die Arme legten, ihm, der so viele Söhne hatte, daß niemand ihre Zahl – auch er nicht – genau kannte! Waren es fünfzig, sechzig oder sogar siebzig, wie manche behaupteten?

Die Mutter beugte sich und nahm das Gesicht des Kindes in ihre Hände, sah in die dunklen und wachen Augen und sagte: »Jotam – du wirst immer ein kleiner Junge bleiben und niemals ein großer Mann werden wie dein Vater! Niemals wirst du die Männer Manasses, Naftalis, Sebulons und Assers gegen die Feinde Israels führen wie er, denn sie werden deine Stimme nicht hören können, es sei denn« – und dabei lächelte sie ein wenig – »du stellst dich auf einen Schemel, einen Sack oder sogar auf einen Berg! Nein, Jotam, du wirst niemals der Nachfolger deines Vaters werden, du bist nicht nur der Jüngste, du bist vor allem viel, viel zu klein!«

Aber dann drehte sie sich plötzlich um, lief zu dem großen Kasten, in dem sie ihre Kleider aufbewahrte, hob den schweren Deckel und lehnte ihn an die Wand. Tief beugte sich die Mutter über die dunkle Öffnung und schob alles zur Seite, bis sie auf dem Boden fand, was sie suchte: eine blanke Scheibe mit einer Öse, durch die ein schmales Lederband gezogen war. An ihrem Ärmel rieb die Frau die Metallscheibe, behauchte sie und rieb und polierte so lange, bis sie im Dunkel des Hauses auf ihrer Hand zu leuchten begann; dann ging sie zu dem Jungen zurück, öffnete ihm den Kittel über der Brust, küßte seine braune und glatte Haut und hängte ihm die glänzende Scheibe um, verknotete die Lederstreifen hinter seinem Hals und schloß den Kittel, ohne ein Wort zu sprechen. Doch dann legte sie ihre Handflächen auf Jotams Brust, senkte den Kopf und sagte leise:

»El – erhöre mich,
laß ihn aufwachsen wie die Gerste auf dem Felde
und das Schilf am Ufer des Baches.
El – erhöre mich!«

Dann schob sie ihn aus der Türöffnung, an deren Pfosten der Junge noch immer stand, schob ihn hinaus in die heiße Luft des Hofes, der leer und staubig zwischen den Häusern Ofras lag. Und noch ehe Jotam den Hof verlassen hatte, flog der erste Lehmbrocken hinter ihm her, verfehlte ihn und fiel auf die Erde. Aber die anderen – die klumpigen – Geschosse trafen ihn, denn sie kamen von vorn und hinten, von rechts und links, lautlos wurden sie geworfen.

Jetzt erst sah die Mutter, daß es nicht nur Lehmbrocken waren: Festgedrückter, plattgepreßter Schafkot war es, den sie auf ihn warfen und gegen den er sich nicht wehren konnte.

Die Dämonen aus der Wüste

Keiner seiner vielen Söhne, deren Namen er jetzt durcheinanderbrachte und zum größten Teil vergessen hatte, hatte ihn – Gideon – so viel gefragt wie Jotam, dieser sein mißgestalteter und letzter Sohn.

Weil Jotam klein geblieben war, als wäre er noch immer ein neunjähriges Kind, und trug doch schon deutlich einen dunklen Schatten auf der Oberlippe, kroch er noch immer unter seinen weiten Mantel, wenn er – Gideon – auf der Dachterrasse im Schatten des Weinstockes auf dem Boden saß. Niemand, der vom Hof aus nach oben sah, konnte Gideon erkennen. Aber auch wenn man ihn hätte sehen können, wer würde ihn noch besuchen? Gideon seufzte. Und wie oft noch würde Jotam die Treppe zur Terrasse hinaufschleichen? Denn auch das würde ein Ende finden, wie alles ein Ende gefunden hatte. Alles das, was doch damals so lebendig und wichtig schien, so lebenverändernd und einmalig, damals, als es geschah...

»Ach, ja...«, seufzte Gideon zum zweiten Mal und schloß vor Traurigkeit die Augen. Er verstand nicht, warum alles so nichtig und so gewichtslos geworden war, warum es jetzt für sie alle dort unten in den Höfen und in ganz Ofra, warum in seinem Stamm Manasse und im ganzen Land Josephs auf dem Gebirge Ephraim, warum dies alles, was damals geschah, für sie nicht schwerer wog als ein Sandkorn! Und doch war die Zeit damals wie ein Gebirge gewesen, das unter ihren Füßen gezittert hatte, daß sie von der Höhe in die Tiefe gestürzt und wieder auf die Höhe geworfen wurden!

Waren sie in dieser Zeit nicht immer wieder neu und in ständiger Wiederholung vom Jammer in die Freude und vom Elend in die Ruhe geführt worden?

Und immer wieder hatte er doch versucht, davon zu erzählen, wie es früher war, als er noch ein Kind und dann ein junger Mann gewesen war. Aber sie winkten nur mit der Hand ab, noch ehe er die ersten Sätze sprechen konnte.

Sie hatten sich hineingefunden – so schien es ihm – in ein Leben ohne Zelte und wandernde Herden der Ziegen und Schafe, in das Leben in der ummauerten Stadt mit Höfen und Brunnen. Sie waren keine Außenseiter mehr – umherirrende Hebräer –, die man mied und verachtete. Sie hatten Zugeständnisse gemacht und auch welche bekommen, heirateten hin- und herüber. Er selbst hatte mitgetan, als er das Mädchen aus Sichem heiratete aus einer angesehenen und reichen Familie der Kanaanäer. Wie sollte er ihnen da Vorwürfe machen? Auch ein Bild des Baal würde er heute nicht mehr umstürzen. Die Zeiten waren vorbei – nicht, weil er zu schwach geworden war, ach nein – das war es nicht, was ihn daran hindern würde. Aber er war alt geworden. Damals, als er jung war, da gab es nur das *Entweder-Oder*, aber heute? Heute galt das *Sowohl-Alsauch*.

Gideon seufzte zum dritten Mal, denn seine Erinnerungen machten ihm das Herz schwer, und es schlug unregelmäßig in seiner Brust.

»Kann ich mich zu dir setzen?«

Jotam stand vor seinem Vater, so daß sein Schatten auf den alten Mann fiel.

»Komm!« sagte Gideon und hob den weiten wollenen Mantel.

Der Junge kroch unter die Achsel des Vaters und drückte sich zitternd an dessen warmen Körper.

»Du bist kalt – und warum sind deine Haare so naß?«

»Ich habe mich gewaschen.«

»Mitten am Tag?«

»Ich war schmutzig.«

»Wovon bist du so schmutzig geworden, daß du dich von Kopf bis Fuß waschen mußtest?« Und als der Junge nicht antworten wollte, weil er sich schämte: »Was ist geschehen? Erzähle es mir.« Doch Jotam schwieg noch immer.

»Es hört dich keiner! Sieh, ich zieh dir den Mantel über den Kopf – erzähle es im Dunkeln, so kann ich dich dabei nicht ansehen!«

»Sie haben mir wieder aufgelauert und mich mit Schmutz beworfen. Erst dachte ich, es sei Erde – aber es war Schafmist! Es blieb überall kleben und stank! Alles an mir stank. Meine Haare und mein Hemd – wie ein Bock habe ich gestunken, Vater.«

»Und du hast dich nicht gewehrt?«

»Nein – sie standen im Kreis um mich herum und waren alle viel größer als ich.«

»Und dann bist du weggelaufen?«

»Nein – der *Lederkopf* kam und hat sie angeschrien und

zwei von ihnen auf die Erde geworfen und einen anderen ins Gesicht geschlagen – und ich stand dabei und habe nur zusehen können.«

»Der *Lederkopf*, wer ist das?«

»Nur ein Mädchen – es wohnt in dem Haus uns gegenüber auf der anderen Seite des Hofes.«

»Wie heißt sie oder ihre Eltern?«

»Ich weiß es nicht – alle sagen nur *Lederkopf* zu ihr.«

»Warum?«

»Weil sie immer eine Lederkappe aufhat.«

»Und warum trägt sie jeden Tag eine Lederkappe?«

»Das weiß ich doch nicht!«

Gideon schwieg eine Weile und dachte nach, dann sagte er: »Jotam – alle Menschen, die in diesem Teil Ofras wohnen, sind deine Brüder und Schwestern und ihre Familien, und für alle ihre Kinder bist du der Bruder ihrer Eltern, du bist also ihr Onkel – auch, wenn du kleiner bist als sie.« Und als Jotam weiterhin schwieg und noch immer nicht sprechen mochte, fragte der alte Mann: »Jotam, hast du Angst gehabt?«

»Ja.«

»Ich habe früher auch Angst gehabt, viel Angst. Wir haben alle Angst gehabt. Ich kann mich nicht erinnern, daß ich, als ich so alt war wie du und noch älter, keine Angst gehabt hätte. Alle in Ofra hatten wir Angst und alle, die auf dem Gebirge wohnten.«

»Wovor hattet ihr Angst, Vater?«

»Vor ihren Kamelen, Jotam – vor ihren Kamelen! – Als mein Vater ein Kind war – so hat er mir erzählt –, sah man auf unserer Seite des Jordans keine Kamele. Nur in der Wüste gab es Kamele – wilde Kamele, die niemand reiten konnte und die keine Lasten tragen wollten. Und dann eines Tages waren sie da! Ein Heer von braunen, schaukelnden Leibern, an denen die Wolle in Flocken hing, mit langen und häßlichen Beinen, knotigen Knien und klumpigen Hufen! Und auf den Höckern saßen sie, die Männer der Wüste, und schlugen mit ihren Stecken auf die Hälse, die sich wie Schlangen streckten und einen kleinen und häßlichen Kopf trugen, dessen Unterlippe sabbernd nach unten hing! Wie Heuschrecken überfielen sie unsere Felder; es nahm kein Ende, so viele waren es! Und dann trieben sie ihre Herden in die Täler fast bis an die Städte der Philister am Meer. Und sie blieben auf unseren grünen Weiden und den kniehoch stehenden Gersten- und Weizenfeldern, bis sie sich sattgefressen hatten. Erst dann kehrten sie über den Jordan in die Wüste zurück.«

»Und ihr? Ihr habt euch nicht gewehrt?«

»Wie sollten wir uns wehren? Sie waren auf ihren Kamelen größer als wir, warfen ihre Speere einfach auf uns hinunter, wenn uns die Kamele umgerissen und schon halb zertrampelt hatten. Wir hatten Angst vor ihnen, Jotam! Deshalb bauten wir uns Gräben im Gebirge, um uns darin zu verstecken. Wer Glück hatte, fand eine Höhle, um dort für Wochen zu wohnen, bis sie wieder abzogen. Geerntet haben wir in diesen sieben Jahren nicht viel.

Wir hatten nur Angst vor diesen Untieren – denn das sind keine Tiere, Jotam, wie unsere Schafe, Rinder oder Esel. Wenn du sie schreien hörst, dann weißt du es – es sind die Dämonen der Wüste!

Und eines Tages geschah es, daß meine Mutter auf dem Felde war, wir anderen aber waren schon aus der Stadt geflohen und wußten es nicht. So waren wir schon in der Höhle und sahen sie nach Haus laufen. Da lief mein älterer Bruder wieder in die Stadt hinunter, um sie zu warnen und zu uns zu holen. Aber es war zu spät! Schreiend und brüllend, wie ein Fluß nach dem Winterregen, wälzte sich die Kamelherde der Midianiter durch Ofra. Wir sahen, daß mein Bruder von einem der Reiter auf sein Kamel gezogen wurde…, meine Mutter aber wurde von den Tieren totgetreten. Wir aber konnten nur zusehen, und unsere Hände zitterten vor Angst.«

»Ist dein Bruder wieder zurückgekommen?«

»Nein – ich habe ihn nie wiedergesehen.«

»Vielleicht ist er später als Sklave verkauft worden – aber wer weiß, ob du ihn dann noch erkannt hättest?«

»Ich habe ihn jahrelang gesucht und hätte ihn freikaufen können – aber ich habe ihn nie gefunden, denn erkannt hätte ich ihn!«

»Wie konntest du ihn erkennen? Du warst damals ein kleines Kind, und er wäre inzwischen ein erwachsener Mann!«

»Ich hätte ihn erkannt, Jotam.« – »Woran?«

»Als er fünf Jahre alt war, hatte ihn eine Schlange gebissen. Unser Vater brannte die Stelle aus, und als alles verheilt war, blieb eine Narbe zurück, die sah aus wie ein Stern mit sieben Zacken, denn die Wunde hatte sehr geeitert und war deshalb so ungleichmäßig verheilt. Daran hätte ich ihn sofort erkannt.«

»Wo hatte er die Narbe? Ich meine am rechten oder linken Fuß?«

»Am linken Fuß zwischen Knöchel und Ferse.«

Beide schwiegen lange, dann sagte Gideon: »Aber das war nicht das Schlimmste – weder die Kamele noch der Verlust der Ernte, der Mutter und des Bruders – das Schlimmste war, was der Fremde, den keiner von uns kannte, uns sagte:

So spricht der HERR, der Gott Israels:
Ich habe euch aus Ägypten geführt
und aus der Knechtschaft gebracht
und habe euch errettet aus der Hand der Ägypter
und aus der Hand aller, die euch bedrängen,
und ich habe zu euch gesprochen:
Ich bin der Herr, euer Gott!
Und nicht die Götter der Amoriter,
in deren Land ihr wohnt.
Aber ihr habt meiner Stimme nicht gehorcht!

Es waren nicht die Midianiter, mit denen wir es zu tun hatten, es war der HERR selbst, der uns gegenüberstand! Das war es, was uns erschreckte, daß unsere Hände zitterten! Was blieb uns da anderes übrig als die Flucht in das Gebirge.

Der Fremde hatte recht, wenn er uns selbst die Schuld an unserem Elend gab, denn wir hatten IHN vergessen, hatten geglaubt, daß ER am Jordan zurückgeblieben war, als wir durch das Wasser gingen; daß ER den Heimweg angetreten hatte, den Heimweg durch die Wüste zum Sinai. Wir hatten geglaubt, der HERR könne uns hier im neuen Land und im neuen Leben nicht helfen, in dem alles so anders war als bisher und nichts mehr galt von dem, was wir bisher getan und gekonnt hatten!

So tasteten wir uns wie Blinde, die man aus einem bekannten in ein unbekanntes Haus geführt hat, hilflos durch den Tag und das Jahr, das so ganz anders ablief, als wir es kannten und von unseren Vätern gelernt hatten.

So – ja, so muß es wohl gewesen sein, daß wir IHN in die Wüste zurückschickten und uns nach denen umsahen, die in diesem Land nun schon so lange um Regen und Fruchtbarkeit des Viehs und der Menschen angefleht wurden.

Aber, Jotam, ER ist *nicht* zum Sinai zurückgekehrt, um dort in seiner Herrlichkeit zu thronen, wie in einem Gefängnis, das er nicht verlassen kann. ER hat uns eingeholt, wie ER mit uns durch die Wüste gewandert ist von einer Oase zur anderen. ER hat uns zeigen wollen, daß wir auch hier in diesem Land, in dem wir nur geduldete Einwanderer sind, Sein Volk bleiben.

Aber erst dann, als wir fast untergingen in der Flut der Midianiter und ihrer Kamele, erst dann erinnerten wir uns, wehklagten und schrien zum HERRN...«

Doch da stand die Mutter Jotams auf der Terrasse und fragte: »Hast du Jotam gesehen?«, sah ihrem Mann in das Gesicht und fragte erschrocken: »Warum bist du so blaß?«

»Ich habe mich an die Zeit erinnert, in der ich ein Kind war.«

»Und davon bist du so blaß geworden?«

Der Blinde

»Pst! – Lederkopf, komm mal her!«

Abigail sah sich um, konnte aber auf dem Hof niemand sehen, so wollte sie weitergehen, denn sie mochte es nicht, daß man sie *Lederkopf* nannte.

»Du – Mädchen, komm doch mal!« Flüsternd und beschwörend war die Stimme. Aber wer rief sie, und woher kam die Stimme? Abigail sah sich noch einmal auf dem heißen und fast menschenleeren Hof um, bis sie zwischen den beiden hüfthohen Vorratskrügen, die im Schatten der Hausmauer hinter ihr standen, Jotams Gesicht erkannte.

Langsam, als wäre sie in Gedanken, schlenderte sie in den Schatten des zweistöckigen Hauses, in dem Gideon wohnte, und stellte sich mit dem Rücken vor den Zwischenraum, der so eng war, daß sie, die groß und kräftig war, nie hineingepaßt hätte. Da zupfte Jotam sie von hinten am Kleid und sagte leise: »Geh um unser Haus herum, ich warte an der hinteren Treppe auf dich, aber laß dich nicht sehen!«

Abigail verstand nicht, von wem sie sich dabei nicht sehen lassen konnte, es war doch niemand in dieser Mittagsglut auf dem Hof – außer dem blinden Bettler, aber der konnte sie ja nicht sehen! Dennoch ging sie langsam und leise über den Hof auf die Straße, ging um die nächste Straßenecke und durch ein kleines Tor in der Mauer wieder auf einen Hof, der aber kleiner war als der, auf dem die zwei großen Krüge neben dem eigentlichen Hauseingang standen und auf dem der Blinde saß. An der Treppe, die von diesem Hof aus auf die Dachterrasse von Gideons Haus führte, stand Jotam.

»Komm mit auf das Dach, aber duck dich!« sagte er zu Abigail. Gebückt schlichen beide die Treppe hoch und über die Terrasse bis unter die Weinlaube. »So – hier kann man uns von unten nicht sehen!« sagte Jotam. Dann fragte er das Mädchen: »Wer ist der Mann dort unten?«

»Ein blinder Bettler – oder wen meinst du? Ich sehe sonst niemand.«

»Ist er alt oder jung?« Gespannt sah Jotam das Mädchen an.

Abigail schob ihren Kopf dicht an die Weinblätter, um den bewegungslos sitzenden Mann genauer sehen zu können. »Er ist alt«, sagte sie dann. »Das sieht man doch!«

»Nein – er ist jung!«

»Woran merkst du das?«

»Wir müssen noch etwas warten, dann sitzt er nicht mehr im Schatten.«

Geduldig, ohne miteinander zu sprechen, warteten sie beide und beobachteten, wie die Sonne dem Blinden immer näher kam, wie sie Strich für Strich den Schatten auslöschte, in dem er jetzt saß. Und dann erreichte die Sonne seinen linken Arm, die Schulter und nun seinen Kopf.

»Paß auf!« flüsterte Jotam aufgeregt.

Der Blinde, der bisher mit gebeugten Schultern und gekreuzten Beinen auf der Erde gesessen hatte, erhob sich, ohne die Hände dabei auf der Erde aufzustützen; schnell und sicher stand er, beugte sich dann und nahm die Schale auf, die vor ihm stand, und griff nach seinem Mantel; dann ging er aus der Sonne tiefer in den Schatten hinein, überkreuzte seine Füße, bog die Knie, und leicht und ohne Anstrengung saß er wieder auf der Erde, wie er vor nur einem einzigen Augenblick gesessen hatte – aber doch weit von seinem ehemaligen Platz entfernt.

»Der ist nicht alt! – Weißt du, wie mein Vater aufsteht? Ich mache es dir vor!« sagte Jotam, setzte sich mit gekreuzten Beinen auf die Erde – wie auch der Blinde gesessen hatte – und ließ Kopf und Schultern hängen. Dann seufzte er mit tiefer und verstellter Stimme:

»Ach ja – ach ja«,
holte tief Luft
und stützte sich mit beiden Handflächen
rechts und links
– etwas hinter sich – auf der Erde ab,
stellte die gekreuzten Knöchel auseinander
und ließ sich auf die rechte Seite fallen,
stützte sich dann auf den rechten Arm hinter sich

und den linken vor sich
und hob sich ächzend auf seine Knie,
das Gesicht tief zum Boden geneigt.
So machte er eine kleine Pause,
um neue Kräfte zu sammeln,
stellte dann das rechte Knie auf,
stützte sich mit dem rechten Arm darauf,
hielt aber mit dem nach hinten abgestützten Arm
das Gleichgewicht
und schob sich nun auf dem rechten Knie nach oben,
wobei er das linke Bein nach hinten streckte,
um nicht zu fallen.
Nun stand er endlich leicht schwankend
auf seinen Füßen!

Abigail hatte bewundernd dieser Vorführung zugesehen, die so echt war, daß sie glaubte, wirklich einen alten Mann zu sehen, der sich mühsam und langsam vom Boden erhob.

»Siehst du, so steht mein Vater auf und nicht wie dieser Mann! Hast du den Unterschied gesehen? – Der Blinde hat sich nur Falten in das Gesicht gemalt, er ist nicht alt, er ist noch jung!«

»Und blind ist er auch nicht, sieh mal!« Aufgeregt stieß Abigail den Jungen an.

Der Mann im Hof hatte bemerkt, daß er seinen Stock auf dem alten Platz liegen gelassen hatte. So war er nochmal aufgestanden – und ohne mit den Fußspitzen oder den Händen auf der Erde zu suchen, ging er zu dem Stock, hob ihn auf und legte ihn neben das Bündel, auf dem er wieder im Schatten saß.

»Er ist nicht alt, sondern jung, und nicht blind, sondern sehend! Warum sitzt er nun schon zwei Tage dort? Er ist nicht aus Ofra!« sagte Jotam verwundert.

»Er ist aus Sichem.«

»Woher weißt du das?«

»Gestern abend war er bei uns im Haus – meine Mutter ist aus Sichem«, sagte Abigail.

»Eine der Nebenfrauen meines Vaters auch.«

»Ich weiß es.«

»Aber woher weißt du, daß der Mann aus Sichem ist?« fragte Jotam noch einmal.

»Es war spät und dunkel, und meine Eltern glaubten, daß ich schon schlief oder sowieso nichts hören konnte wegen der Kappe – aber ich nehme sie nachts ab –, und da habe ich gehört, daß er aus Sichem ist.«

»Und was hast du noch gehört?«

»Nichts – weiter hab ich nichts verstehen können.«

»Aber wenn du morgen oder übermogen etwas hörst oder siehst, was mit dem Mann zusammenhängt, dann sagst du es mir, ja?« Jotam sah das Mädchen bittend an und fuhr fort: »Denn warum lauert er den ganzen Tag auf dem Hof herum? Wen will er beobachten, und wer hat ihn geschickt? Ich verstehe das nicht!«

»Hast du Angst, Jotam?« fragte Abigail.

»Angst? – Natürlich nicht, aber...«

»Abigail – Abigail!« rief eine Stimme auf dem Hof.

»Meine Mutter! Ich muß schnell nach unten!« rief das Mädchen und lief wieder gebückt über die Terrasse zur Treppe. Jotam sah ihr nach, holte sie dann aber noch ein, ehe sie am Fuß der Treppe war, und fragte: »Du heißt *Abigail?* – Das ist ein schöner Name.« Das Mädchen – größer als Jotam, aber jetzt zu ihm aufsehend, der über ihr stand – wendete ihr Gesicht zu ihm. Abigails Gesicht war nicht schön, war zu breit und ihr Mund zu groß, aber in diesem Augenblick, da sie zu ihm nach oben sah, leuchtete es.

In der Kelter

Schlohweiß war das Fell der Eselin und glänzte, das doch eigentlich stumpf und hart war, glänzte, als sei es feucht. Aber es glänzte nur so, weil man diese Eselin täglich bürstete, so oft bürstete, bis ihr Haar glänzte.

Jotam hielt sie an ihrem roten Zaumzeug, auch der Sattel war rot, und in die braune Decke, auf der er lag und die zu beiden Seiten weit hinunterhing, waren weiße und rote Streifen gewebt.

Jotam wartete. Es war früh am Morgen, war noch nicht heiß. Es würde ein schöner Tag werden. Die Mutter hatte ihm Fladenbrot, Käse, Feigen und einen kleinen Krug voll Wein, mit Wasser gemischt, in den Korb getan, der neben ihm auf der Erde stand und den er hinter dem Sattel an den Esel hängen würde.

Aber als Gideon dann mit seiner Frau auf der Schwelle des Hintereinganges des Hauses stand, sah Jotam das besorgte Gesicht seiner Mutter. Er wußte, daß sie nicht damit einverstanden war, daß Gideon mit ihm – und nur mit ihm allein! – auf den Weinberg gehen wollte. Aber es stand ihr nicht zu, ihre Ängste auszusprechen. Doch als Gideon auf dem roten Sattel der schlohweißen Eselin saß, die Füße hingen bis fast auf die Erde – er war noch immer ein stattlicher Mann, oder wirkte er auf dem königlichen Tier nur so? –, sah sie ihn stolz an, flüsterte aber doch Jotam zu: »Gib acht auf ihn, und kommt nicht zu spät zurück!«

Das Dachgebälk der Kelter war zum Teil eingestürzt, sie wurde schon lange nicht mehr benutzt. Warum sollte man sich da die Arbeit machen und sie in Ordnung bringen? Von einem der Balken hingen noch zwei Stricke herab, an denen sich die Männer festgehalten hatten, wenn sie in der steinernen Mulde standen und mit ihren nackten Füßen den Saft aus den Weintrauben traten. Von den drei Öffnungen, durch die der Saft in ein kleineres, tiefer liegendes Becken floß, war nur noch eine zu erkennen. Die beiden anderen hatten wohl Mäusen oder einer Eidechse als Wohnung gedient, oder Laub und Wurzelteile hatten sie verschmutzt. Um den Männern ihre schwere Arbeit zu erleichtern, hatte man unterhalb des Schutzdaches Löcher in die Keltermauer geschlagen, so war ständig ein Strom frischer Luft um ihre Köpfe gezogen und hatte ihre schweißnassen Gesichter gekühlt. Nun aber war trockenes Weinlaub und Sand durch die Löcher in die Kelter geweht worden, lag knöchelhoch auf dem Boden. Spinnen und Asseln flüchteten hochbeinig und raschelnd unter die Blätter, als Gideon sich durch den Eingang in den dämmrigen Raum tastete, denn seine Augen waren noch geblendet von dem langen Ritt über die Terrassen in der weißen Sonne.

Erschrocken sah der alte Mann auf das Bild der Verwahrlosung. War das die Kelter, die er noch einmal sehen wollte? War das wirklich der Ort, an dem ER mit ihm geredet hatte? Würde es klug sein, Jotam hier zu erzählen, was sich damals zugetragen hatte, als er in der Kelter – und war es wirklich diese? – gedroschen hatte?

Wäre das, was er ihm berichten mußte, nicht lebendiger geworden, wenn er es ihm auf der Dachterrasse unter dem Weinstock erzählen würde? Lebendiger und vor allem glaubwürdiger? Konnte sich Jotam hier alles so vorstellen, wie es einmal gewesen war, wo doch alles, was er jetzt sah, gegen das sprach, was der Junge lebendig vor sich sehen sollte?

Gideon seufzte, und seine Unterlippe zitterte; aber

dann strafften sich seine Schultern, und er dachte: Nein – es war gut, daß ich mit ihm hierher gegangen bin. Und es ist gut, daß man dem Ort ansieht, daß die Zeit seit damals nicht stehen geblieben ist, denn JAHWE ist ein Lebendiger, er ist der Herr der Geschichte. Er ist nicht wie die Götter der Kanaanäer, die sich ständig auf der Stelle tretend im Jahreskreis drehen und deren Gesicht durch Jahrhunderte dieselben Züge trägt! ER wandelt sich und bleibt doch der gleiche. Aber schwer macht ER es einem – und es ist nicht leicht, sein Gesicht zu erkennen!

Mühsam setzte sich Gideon auf den Boden. Jotam, der inzwischen die Eselin – die schlohweiße und hochbeinige – im Schatten der Kelter angebunden hatte, setzte sich neben den Vater, stellte den Korb vorsichtig vor sich und fragte: »Und hier hast du gedroschen?«

»Ja, hier.«

»Aber das ist doch viel zu eng, um zu dreschen! Warum bist du nicht auf den Berg, auf die Tenne gegangen?«

»Wir konnten damals nicht auf der Tenne dreschen – sie hätten es gehört und gesehen.«

»Wer?« – »Die Midianiter.«

»Aber sie waren doch nicht zur Erntezeit hier, doch nur im Frühling, wenn sie die Kamelherden in die grüne Gerste trieben, du hast es mir doch selbst erzählt!«

»Die Kamele hatten nicht alles abgeweidet oder zertrampelt, etwas blieb uns immer – nicht viel, aber etwas. Und das wußten sie und holten es sich. In kleinen Gruppen kamen sie über den Jordan, versteckten sich und beobachteten, wo gedroschen wurde, und dann holten sie sich die Körner.«

»Und deshalb hast du hier – versteckt in dieser Kelter – gedroschen?«

»Ja – hier geschah es ...« Und dann berichtete Gideon, was damals zwischen ihm und JAHWE geschah:

»Ich drosch Weizen hier in dieser Kelter,
da erschien mir der Engel des HERRN
– ich aber erkannte ihn nicht –,
und er sprach zu mir:
Der HERR sei mit dir, du streitbarer Held!
Da sprach ich zu ihm:
Ach, wäre der HERR wirklich mit uns,
warum müssen wir dies alles erleiden?
Warum müssen wir uns in den Höhlen
des Gebirges verstecken?
Warum werden unsere Mütter getötet
und unsere Geschwister
als Sklaven in die Wüste verschleppt?
Warum muß ich in einer Kelter
meinen Weizen dreschen
und nicht auf der Tenne?
Wo – wo sind die Wunder JAHWES,
von denen uns unsere Väter erzählten und sprachen:
Der HERR hat uns aus Ägypten geführt,
der HERR hat uns den Weg durch die Wüste gezeigt,
im Rauch und im Feuer ist er uns vorausgegangen.
Der HERR hat uns dies Land gegeben,
damit wir in Ruhe und Frieden darin wohnen sollen,
ein jeder unter seinem Weinstock.
Und böse und zornig fuhr ich fort:
Der HERR – er hat uns verstoßen!
Der HERR – er hat uns vergessen!
ER hat uns in die Hände der Midianiter gegeben,
daß sie uns wieder zurückholen in die Wüste,
aus der wir kamen.

Aber Jahwe wendete sich zu mir,
als hätten meine Worte kein Gewicht
und als sei mein Zorn so leicht wie die Spreu,
die der Wind von der Tenne weht, und sprach:
Geh hin in dieser deiner Kraft,
du sollst mein Volk Israel erretten
aus den Händen der Midianiter,
siehe, ich habe dich gesandt!
– Ja, Jotam – so hat mich Jahwe zu sich gerufen,
aber ich sagte:
Ach, HERR, womit soll ich Israel retten?
Meine Familie ist die geringste im Stamm Manasse,
und ich bin dazu noch der Jüngste
in meines Vaters Hause!
Da sprach der HERR zu mir:
Ich will mit dir sein,
daß du die Midianiter besiegen wirst
– weil du so schwach bist!

In dem Augenblick, in dem mir der Sieg über die Midianiter zugesprochen wurde, so, als sei es schon geschehen! – da wußte ich nicht, ob es wirklich Jahwe war, der mit mir sprach, oder ob es nur *mein* Wunsch und *mein* Wille waren, diese Räuber der Wüste zurückzujagen und mich an denen zu rächen, vor denen wir seit sieben Jahren in Angst und Schrecken lebten. War es wirklich der HERR, der mir diesen Auftrag gab?

Da sagte ich:
Gib mir ein Zeichen,
daß du es bist, HERR,
der mit mir spricht!
Geh nicht fort, bis ich wieder zu dir zurückkomme.
Er sprach: Ich will bleiben, bis du zurückkommst.

Da ging ich ins Haus
und bereitete ein Ziegenböcklein zu
und ungesäuertes Brot –
wie ein Opfer für den HERRN –,
legte das Fleisch in einen Korb
und brachte es zurück in die Kelter.
Neben der Kelter aber war ein großer Stein,
und er sprach:
Lege das Fleisch und das Brot auf den Felsen.
Und so tat ich.
Da fuhr Feuer aus dem Fels
und verzehrte das Opfer…
Da sprach ich:
O wehe, so habe ich den Engel JAHWES
von Angesicht zu Angesicht gesehen!
Doch der HERR sprach:
Fürchte dich nicht, du sollst nicht sterben!
Da baute ich am nächsten Tag
unter der großen Terebinthe
dem HERRN einen Altar und nannte ihn
›Der HERR ist Friede‹.«

Gut schmeckte das Fladenbrot, und kühl war der Wein in dem tönernen Krug. Gideon hatte sich an die Mauer der Kelter gelehnt, und Jotam lag neben ihm auf dem trockenen Weinlaub. Kühl und feucht war die Luft zwischen den Mauern, obwohl die Sonne heiß über der Kelter stand.

»Die Eselin!« rief Jotam, sprang erschrocken auf und lief aus der Tür. Die Eselin – die schlohweiße und hochbeinige – hinter sich herziehend, kam er zurück. Aber an der Schwelle blieb das Tier stehen und wollte nicht weiter, denn der dunkle Raum erschreckte es. Böse zog die Eselin ihre Oberlippe hoch und bleckte ihre Zähne. Aber als Gideon sie rief: »Komm, meine Schöne, meine Weiße – komm!«, da überschritt sie die Schwelle – doch Jotam schob sie von hinten.

»Vater, manche Leute in Ofra nennen dich Jerubbaal, warum hast du zwei Namen? Und welcher ist der richtige?«

»Beide sind wohl die richtigen Namen, Jotam – aber ich will dir erzählen, warum man mir den Namen Jerubbaal gab: Schon in der Nacht, nachdem ich den Altar JAHWES in Ofra aufgerichtet hatte, sprach der HERR zu mir:

Nimm einen jungen Stier
und den zweiten Stier – den siebenjährigen –
aus der Herde deines Vaters
und reiße den Altar Baals nieder,
den dein Vater auf seinem Feld
auf der Höhe des Berges
aufgestellt hat,
und haue auch um den Holzpfahl der Aschera,
der daneben steht.
Und dann baue dem HERRN
auf der Höhe dieses Felsens einen Altar!
Da schlich ich mich in der Nacht
mit zehn jungen Männern
auf den Felsen
– denn ich fürchtete mich vor meinem Vater
und den Leuten aus Ofra –,
und die zwei Stiere rissen den Altar des Baal um.
Den großen, baumlangen und
zugespitzten Holzpfahl der Aschera zerhackte ich,
und wir zerbrachen das Holz in kleine Stücke,

die wir auf dem umgeworfenen Steinblock des Baal aufschichteten.
Der zweite Stier wurde geschlachtet
und auf dem Steinblock als Opfer verbrannt.
Die Nacht war vorüber und die Sonne aufgegangen, als der Rauch des Opfers von der Höhe bis in die Stadt zog.
Alle, die in Ofra früh aufgestanden waren,
sahen den Rauch und rochen das verbrannte Fleisch.
Da erschraken sie und weckten auch die, die noch schliefen, zeigten auf die Höhe, auf der der Altar des Baal gestanden hatte,
und liefen – ohne gegessen und getrunken zu haben – auf den Felsen.
Da sahen sie, daß der Altar Baals umgestürzt
und daß der Pfahl der Aschera abgehackt
und an ihrer Stelle ein neuer Altar aufgerichtet war,
der weder Bild noch Zeichen trug.
Und daß auf diesem Altar geopfert worden war.
– Das aber war eine Gotteslästerung, und darauf stand in Isarel die Todesstrafe, auch wenn es sich um einen Altar der Kanaanäer handelte! –
Schreiend und entsetzt stolperten die Männer Ofras den steinigen Weg vom Felsen in die Stadt zurück
und fragten zornig: Wer hat das getan?
Und sie liefen von Haus zu Haus
und erforschten, wer es könnte gewesen sein,
der dem Baal den Kampf angesagt hatte!
Und dann wußten sie es:
Ich war es – Gideon, der Sohn des Joasch,
hat es getan!
Der Platz vor unserem Haus war zu klein,

um all denen Raum zu geben, die schrien:
Gib deinen Sohn heraus! – Gib deinen Sohn heraus!!
So standen sie auf den Dächern
und gedrängt auf den Terrassen
und riefen böse und schrill:
Gideon muß sterben!

Ich habe Angst gehabt, Jotam, große Angst, denn ich war im Haus und wagte es nicht, meinen Vater anzusehen. Aber er lächtelte mir zu, ging auf die Terrasse und rief:

Wollt *ihr* etwa für Baal streiten?
Wollt *ihr* ihn etwa retten?
Ihr, die ihr doch Israeliten seid?
Ist Baal der Herr dieses Landes und sein Gott,
so streite er doch selbst für sich mit Gideon,
der sein Heiligtum
durch einen Altar Jahwes ersetzt hat!

Siehst du – von dem Tag an nennt man mich nicht nur *Gideon,* sondern auch *Jerubbaal,* das heißt ›Streiter gegen Baal‹. Aber nun müssen wir nach Hause, deine Mutter wird auf uns warten.«

Jotam stand schweigend auf und sah von der Schwelle aus noch einmal zurück in den dunklen Raum der Kelter. Aber der Raum war nicht mehr leer – er war erfüllt mit SEINEM Wort, war lebendig geworden und voller Bilder. Jahwe hatte mit seinem Vater gesprochen, und er hatte IHN erkannt. ER war aus seiner Unsichtbarkeit herausgetreten, und sein Vater hatte gewußt, was ER von ihm verlangte, genau und in allen Einzelheiten hatte er es gewußt, es gab keine Zweifel...

Zögernd wandte er der Kelter den Rücken.

Der blinde Bettler auf dem Hof in Ofra erhob sich, denn es wurde Abend. Da sah er die Eselin – die schlohweiße –, die Jotam am Zaum führte. Gideon aber saß auf der Eselin. Da erschrak der Mann, zog das Kopftuch tief in das Gesicht und drückte sich in den Schatten der Hausmauer und dachte: Wo waren sie, und was haben sie getan, oder wen haben sie getroffen? Und warum habe ich sie nicht fortreiten sehen? Denn von der hinteren Hoftür wußte der Mann aus Sichem nichts.

Im Tor von Sichem

Der Mann weitete die Brust und holte tief Atem, als der erste Schwall kühler und feuchter Luft sein Gesicht erreicht hatte. Endlich war er aus dem Bereich des trocknen und heißen Wüstenwindes heraus, der über den Jordan bis in das Gebirge Ephraim wehte. Wenigstens für einige Stunden würde er sich des frischen Windes, der vom Meer her Fruchtbarkeit und Wohlbefinden brachte, erfreuen. Am Abend aber würde er wieder in Ofra sein müssen.

Der Weg – immer abwärts – war steinig, aber breit und von Menschenfüßen und Eselshufen zertreten. Der Mann blieb nicht stehen, sprach weder mit dem, der ihn überholte, noch mit jenem, der ihm entgegen kam. Je näher er aber der Stadt Sichem kam, um so öfter durchlief seine Straße die Dörfer der Bauern. Und je mehr er sich Sichem näherte, um so häufiger sah er zur rechten und zur linken Seite Häuser, auf deren Schwelle kein Kind saß und weder ein Huhn im Sand scharrte noch ein Esel am Zaun angebunden den Kopf senkte. Wie leere Schalen standen die Häuser in der Sonne, Häuser, deren Bewohner sie verlassen hatten.

Wie ein steinerner Riegel lag Sichem zwischen den beiden Bergen: Ebal im Norden und Garizim im Süden. Wer auf diesem einzigen Paß vom Meer zum Jordan das Gebirge Ephraim durchqueren wollte, konnte die Stadt nicht umgehen. Schon seit undenklichen Zeiten lag sie wie ein steinerner Pfropfen, der jeden zwang, durch das Nordwest-Tor die Stadt zu betreten und durch das Ost-Tor sie zu verlassen, der aus den Küstenstädten der Philister kam, um bei Betschean über den Jordan und auf die große Wüstenstraße nach Damaskus und über die Oase Tadmor an den Euphrat zu kommen. Wer aber von dort kam und auf der großen Küstenstraße nach Ägypten oder über Tyrus und Sidon nach Ugarit wollte, um von dort nach Cypern zu segeln, der wurde durch das Ost-Tor Sichems eingesogen und durch das Nordwest-Tor wieder ausgespien.

So arbeitete Sichem wie ein Herz, und wie ein Blasebalg pumpte es Menschen und Tiere unaufhörlich durch seine Tore und Gassen. Sichem, durch Jahrhunderte Hauptstadt des nördlichen Kanaan und ägyptische Grenzbefestigung, immer wieder zerstört, aber immer wieder aus oft langer Totenstarre erwacht und lebendig und kraftvoll geworden – bis jetzt, bis auf diesen Tag, an dem der Mann die Mauerkrone der uralten Stadtmauer – aus klobigen Steinen und halb verschüttet, doch noch immer kyklopisch aus der Erde ragend – erreicht hatte. Vor ihm standen nun die Mauern und das Tor des neuen Sichem.

Aber der Mann sah weder auf die Menschen, die sich mit ihm zum Tor drängten, noch auf die, die aus der breiten und dunklen Toröffnung die Stadt verließen. Seine Augen suchten auf seiner linken Straßenseite – kaum erkennbar – die Mauerreste der Ruine, die auf dem Vorberg des Garizim lag. Jedesmal, wenn er sich dem Ost-Tor näherte, warf er einen Blick darauf, aber so nebensächlich, als beobachte er einen Falken in der Luft. Nur wenige wußten von den Resten des alten kanaanäischen Heiligtums, das vom Feuer vernichtet und jetzt vom Gesträuch überwachsen war. Aber er wußte davon, denn er hatte sich dort versteckt, wenn er fortgelaufen war, weil er es satt hatte, für den Vater auf dem Feld zu arbeiten. Von der breiten Mauer aus, die er auch heute zwischen den Terebinthensträuchern sah, konnte man jedes Wort verstehen, das man vor dem Ost-Tor Sichems sprach, wenn der Wind es ihm zutrieb. Der Mann lächelte, denn er dachte: Wer weiß, ob ich dies Versteck nicht noch einmal brauche!

Das Tor Sichems war selbst eine Burg und nicht nur ein Tor. Es war mit zwei breiten Türmen versehen, mit Nebenräumen und Höfen, jeweils versetzt und mit verschobener Achse, Treppen führten zu den oberen Stockwerken im Innenraum der Tor-Burg. In der Torhalle – lang und breit wie ein Saal – saßen und standen die Menschen so eng, daß die Ankommenden mit ihren Lasttieren kaum eine Lücke fanden, um sich hindurchzudrücken; und die, die die Stadt verlassen wollten, mußten von ihren Stöcken Gebrauch machen, um nicht wieder zurückgedrängt zu werden. Jeder sprach und redete laut mit jedem, hielt ihn dabei fest, lachte und schalt, wenn der andere weitergehen wollte. Der Torraum war nicht nur Durchgang, er war Handelsplatz und Gerichtssaal, war Auge und Ohr der Stadt.

Auf der Treppe im Tor wartete ein Sichemit auf den Mann, der jetzt – und erst jetzt – sein Gesicht mit dem Zipfel seines Kopftuches verbarg.

»Komm«, sagte der Kanaanäer auf der Treppe. Der Mann folgte ihm, ohne zu fragen oder zu antworten, stieg zu einer hölzernen Galerie empor, die den Torraum umkreiste, sah in schmale dunkle Kammern, vollgestellt mit gefüllten Säcken, Ballen und Krügen. Doch dann hielt der Kanaanäer vor einer Tür, öffnete sie und führte den Mann in den Raum, der durch eine schmale Fensteröffnung Licht erhielt.

Hier erwartete ihn Abimelech. Und ohne daß er dem Mann Zeit ließ, nur ein einziges Mal Atem zu holen, fragte er ihn: »Wie geht es ihm?«

»Er braucht Hilfe, wenn er über den Hof geht«, sagte der Mann.

»War ein Arzt bei ihm?«

»Nein – ich habe es jedenfalls nicht gesehen.«

»Was heißt das? Könnte es denn gewesen sein?«

»Ich kann ja immer nur auf einer Stelle sein – woher soll ich wissen...«

»Alles sollst du wissen! Wozu habe ich dich sonst nach Ofra geschickt!« Abimelech erschrak über seine eigenen lauten Worte, sah sich um und ging leise zur Tür, öffnete sie vorsichtig und sah hinaus; dann wandte er sich um und sagte – aber leiser als vorher –: »Du weißt, daß niemand in Ofra wissen darf, daß ich dich geschickt habe. Und niemand darf erfahren, was du dort beobachtest – und du weißt auch, daß es sich für dich lohnen wird, wenn... Also geh zurück – und sobald du glaubst, daß es mit ihm zu Ende geht, dann..., nun, du weißt Bescheid! Und jetzt geh zurück! Ich bleibe noch hier, denn es darf uns niemand zusammen sehen!«

Weit zog der Mann das Tuch in das Gesicht, weit, so weit, daß er nur mit Mühe die Treppenstufen sah, die er hinunterstieg. Im Torraum bat er um Wasser, denn es blieb ihm keine Zeit zum Ausruhen. Der Weg zurück nach Ofra würde anstrengender sein als der Weg nach Sichem, und er mußte vor Sonnenuntergang, ehe man das Tor schloß, zurück sein, damit er schon am Morgen des kommenden Tages wieder auf dem Hof vor dem Hause Gideons sitzen konnte, um als ein Blinder zu betteln.

Die Wolle auf der Tenne

Eigentlich war der Hof vor Gideons Haus kein Hof, sondern ein Platz, denn mehrere Gassen mündeten auf ihm, und eine breite Straße überquerte ihn, und doch war dieser freie Platz ein Hof, denn in den Häusern, die ihn umstanden oder in den ihn umgebenden Gassen lagen, wohnte nur die Familie Gideons: Söhne und deren Söhne mit ihren Kindern und Kindeskindern. Gideon, der es abgelehnt hatte, König zu werden, hatte sich keine Burg gebaut. Aber er war und blieb der Führer nicht nur seines Stammes Manasse – zu dem auch der kanaanäische Stadtstaat Sichem in mehr oder weniger fester Verbindung gehörte –, er war es auch für alle nordwestlich des Jordan lebenden Stämme Israels. Seine Familie war zu der größten und damit einflußreichsten geworden. So war dieser Stadtteil Ofras eben doch ein in sich geschlossener Bereich.

An dem Tag, nachdem der Mann aus Sichem zurückgekehrt war und wieder auf seinem Platz saß und durch die dünne und schadhafte Augenbinde das Haus und die Tür Gideons beobachtete, war der Hof von Menschen erfüllt, die das verrichteten, was der Tag von ihnen forderte: Sie gingen zur Arbeit auf das Feld oder in den Weinberg, sie trieben Schafe oder Ziegen vor sich her oder trugen Lämmer auf ihrer Schulter, schleppten Krüge und Säcke oder hatten sie ihren Eseln aufgeladen.

Die Frauen saßen auf der Erde vor ihren Handmühlen und zerrieben die Getreidekörner zu Mehl, kneteten den Brotteig und klatschten die Fladen an die heiße Innenseite der kleinen tönernen Backöfen, die wie breite Krüge aussahen mit ihrer weiten Öffnung. Es wurde gesponnen, gewebt und gefärbt, geschnitten und genäht, gewaschen, gerupft, geschlachtet und gekocht – alles auf der Erde vor den Häusern auf dem Hof.

Und dann kam der Wollhändler.

Man hatte ihn erwartet. Aus allen Häusern kamen die Frauen und Männer mit ihren Wollsäcken, die sich auf dem Hof zu einer Mauer stapelten, die, sauber geschichtet, wuchs und wuchs und nicht aufhören wollte zu wachsen. Der Wollhändler prüfte jeden Sack, griff tief hinein in das leichte und trotz des Waschens noch immer fettige Gewölk, das seinen Bocksgeruch behalten hatte. Er zupfte eine Flocke – mal hier, mal dort – aus dem Gewirr der Wolle, drehte sie um einen Finger, zog und riß, feuchtete sie mit Speichel und roch an ihr. Sack für Sack prüfte er die Wolle vor den Augen derer, die auf der Erde saßen rund um das Gebirge von Wollsäcken. Alle Arbeit blieb liegen, die Brotfladen waren heruntergefallen und verkohlt, die Hühner waren über den auf der Erde liegenden Webrahmen gelaufen und hatten den Stoff mit ihrem Kot beschmutzt, und das Essen war angebrannt – aber was tat das: »Der Wollhändler ist da!«

Als alle Wolle geprüft und gewogen worden war, als die

Esel, die geduldig im Schatten gewartet hatten, beladen worden waren, als der Wollhändler erneut gewogen und ausgeteilt hatte, was er im Tausch für die Wolle gab: Flachs, Salz, Gewürze, ab und an ein Schmuckstück aus Kupfer oder Silber und, wenn die Wolle besonders gut gewesen war, eine Klinge aus Eisen, eine Sichel oder sogar eine Hacke, machte er sich zum Verlassen des Hofes bereit, legte den Mantel wieder um, den er auf dem Boden abgelegt hatte, und stellte seinen linken Fuß auf einen Stein, um den Riemen der Sandale fester zu binden. Abigail, die die Kinder nur *Lederkopf* riefen, stand neben dem Wollhändler und sah den Stern mit den sieben Zacken – weißlich-gelb war die Narbe – unter dem Staub zwischen Knöchel und Ferse.

Gideon saß auf der Terrasse unter dem grünen Dach seines Weinstockes, sah auf die Wolle im Hof hinab und dann auf Jotam, der auf den Fußspitzen stand, um über die Mauer der Terrasse den Wollhändler zu sehen und all die, die laut und lebhaft um ihn herumstanden, und sagte nachdenklich: »Die Wolle – ach ja! Die Wolle – damals, Jotam!« Und dann rief er: »Komm, setz dich neben mich!« und fuhr fort:

»Die Midianiter und die Amalekiter und alle,
die zu ihnen jenseits des Jordans
in der Wüste gehörten,
zogen durch die Furt, überquerten das Gebirge
und lagerten sich in der Ebene Jesreel.
Da rief ich sie alle:
die von meiner Familie
und den ganzen Stamm Manasse,
ich schickte Botschaft zum Stamm Asser,

zum Stamm Sebulon und Naftali,
und alle, alle kamen!

Freiwillig kamen sie, denn sie waren zur Hilfe nicht verpflichtet. Und dann war sie wieder da, die Angst, Jotam – die Angst vor mir selbst! Worauf hatte ich mich eingelassen? Ich war zu jung, hatte doch keine Erfahrung! Und daß ER es mir befohlen hatte – war das nicht ein Traum gewesen? War es nicht Größenwahn und eine Gotteslästerung?

Da sprach ich zu Gott:
Willst du Israel wirklich durch meine Hand erretten,
wie du zugesagt hast?
Siehe, ich lege frisch geschorene Wolle auf die Tenne:
Wird der Tau der Nacht allein auf der Wolle sein,
und der Lehmboden rundherum bleibt trocken,
dann werde ich wissen,
daß du Israel durch *meine* Hand retten willst.
Und so geschah es.
Und als ich am anderen Morgen früh aufstand
und zur Tenne ging,
da nahm ich die Wolle und drückte den Tau heraus:
eine ganze Schale voll Wasser!«

»Aber nun hast du es gewußt, Vater, daß ER dir diesen Auftrag gegeben hat. Das Zeichen war doch ganz deutlich!«

»Es gibt keine deutlichen – keine eindeutigen – Zeichen, Jotam, an denen du erkennen kannst, was SEIN Wille ist. Es gibt auch keine Sicherheit, die jeden Zweifel ausschließt. Und deshalb habe ich mit Angst und Bangen zu JAHWE gesprochen:

Sei nicht zornig auf mich,
wenn ich noch einmal mit dir rede:
Gib mir noch ein zweites Zeichen:

In dieser Nacht möge die Wolle
– die doch jeden Tautropfen aufsaugt –
trocken bleiben,
der Boden aber der Tenne um die Wolle herum,
der sei naß!
ER machte es in derselben Nacht,
wie ich IHN gebeten hatte:
Trocken war die Wolle,
aber der Tau stand überall auf dem Boden.«

»Du hast es gut gehabt, Vater… ER hat mit dir gesprochen. So ganz allein und nur zu dir. Nicht mit uns allen, so wie durch Mose oder Josua, nein – mit dir nur! Wird er wenigstens *einmal* so mit mir sprechen?«

Gideon schloß die Augen und antwortete nicht. Was sollte er Jotam sagen? Daß das Gespräch und das Zeichen Vertrauen zu SEINEM Wort gegeben hatten, das Wagnis aber geblieben war? Jotam war noch zu jung und zu schwach, um beides in einem: Vertrauen und Wagnis, an seinem Leibe und in seinem Herzen durchstehen zu können.

Dies war der Augenblick, in dem Abigail die sternförmige Narbe am Fuß – dem linken! – des Wollhändlers sah.

Der Denkstein

Die Baumkrone des heiligen Baumes, der Terebinthe, überragte die Mauer des Burgtempels, und Abimelech sah, wie sich ihre Blätter im Westwind bewegten. In den Hof selbst konnte er nicht hineinsehen, aber er wußte auch so, was neben der Terebinthe und gegenüber den beiden mehrstökkigen Tempeltürmen – rechts und links vom Tor – stand: ein steil aufgerichteter Tafelstein aus hartem Kalk, weiß und leuchtend in der Sonne, abgerundet die scharfen Kanten an den Schmalseiten und befestigt in einem steinernen Sockel. Als hätte die Erde die Platte in einer schmerzhaften Geburt aus sich herausgepreßt und ihr makelloses Weiß im gleichen Augenblick versteinern lassen, so daß sie einen ewigen Zugang zum Innersten der Erde sicherte, einen Zugang für alle, die sich am Stein versammelten und im Schatten des Baumes, der durch seine Wurzeln und seinen Wipfel Himmel und Erde verband, so war der weiße, der leuchtende Stein einer Rampe ähnlich, auf der man – obwohl sie steil aufgerichtet war – von der Erde zum Tor des Himmels und von ihm auf die Erde gelangen konnte. Der Stein war Treppe und Leiter, auf der es möglich war, Bitten und Versprechen, Schwüre und Gelübde direkt in das Ohr Els oder Jahwes zu leiten.

Dort – an diesem heiligen Stein und nur dort – sollten sie ihn zum König ausrufen, dies würde seine Bedingung sein, aber noch war es nicht so weit.

Abimelech sah auf die Stadt, sah die vielen seit langem verfallenden Häuser, sah die offen stehenden Türen, die man vergessen hatte zu schließen, damals, als man das Haus verlassen hatte, um im Gebirge ein Stück Wald zu roden und um dort ganz neu anzufangen.

Wie zerbrochene Zähne schwarz und faulig im Gebiß stehen, so standen diese Häuser in der Straße, und Abimelech wußte, daß Sichem eine sterbende Stadt war wie viele der ehemals großen Städte Kanaans. Städte, die sich selbst entleert hatten und jetzt in ihren zu weit gewordenen Mauern einschrumpften und austrockneten. Die Stämme der von Weide zu Weide Wandernden aber nahmen zu an Größe und Lebensfreude! Was sollte aus Sichem, der ehemals Prächtigen, werden?

Noch immer sah Abimelech von der Dachterrasse seines Hauses auf die Baumkrone über der Tempelburg. Jeden Teil des heiligen Geländes glaubte er zu kennen, denn so lange er denken konnte, hatte er von hier aus auf diesen Teil Sichems gesehen. Wohl war er immer wieder für einige Tage in Ofra bei Gideon, seinem Vater, gewesen, aber die Zeit hatte nie ausgereicht, daß er sich dort nicht mehr als ein Fremder gefühlt hätte. Er war in Sichem aufgewachsen und war doch kein Kanaanäer, war vom Vater her Israelit und von der Mutter her Sichemit. So war er beides und war doch weder das eine noch das andere. Aber daß er weder Israelit und damit Wanderer oder Einwanderer war noch Sichemit und damit Kanaanäer und Städter, das machte ihn zu dem, was er sein wollte: König von Sichem und – das war das eigentliche Ziel – König Israels.

Niemand hatte ihm den Gedanken dazu eingegeben, und keiner war ihm ein Vorbild dafür gewesen, aus ihm selbst war dieses Bild entstanden: König Israels!

Aber noch lebte der Alte in Ofra, um den sich heute schon Legenden und Geschichten bildeten und der nie den Mut zum selbständigen Handeln aufgebracht hatte. Der immer nur gefragt und wieder gefragt hatte: Herr, was soll ich tun – ist es auch wirklich *dein* Wille? So, als zögen sie noch mit IHM durch das Rote Meer und die Wüste!

Dankbarkeit war gut, ja, sie mußte sein, denn ER hatte ihnen ja dies schöne Land gegeben – nein, nicht als Eigentum, aber zur Verwahrung, bis ER es einmal an einem Tag (möge er noch lange nicht kommen!) von ihnen zurückfordern würde! Aber bis dahin, bis dahin mußte man für dieses Land, in dem *Milch und Honig* floß, doch etwas tun! So ging es doch nicht weiter! Es genügte nicht, daß man darauf wartete, bis es IHM endlich gefiel, mal hier und mal dort auf seltsame und oft unglaubliche Art einen Mann zu berufen, der in seiner unmittelbaren Umgebung – und nur da! – den Feinden Israels entgegentrat und sie für oft nur recht kurze Zeit in Angst und Schrecken versetzte. Was sie nie daran hinderte, irgendwann wiederzukommen oder einen anderen Stamm anzugreifen, für den sich dieser Retter dann nicht zuständig fühlte – falls er nicht schon wieder im Dunkel der Tage untergetaucht war!

Abimelech sah noch immer auf die breiten Tortürme, sah die Falken, die über ihnen wie Sicheln die Luft durchschnitten, und dachte: Ja, eigentlich war sein Vater wirklich eine Ausnahme! Denn keiner von ihnen, weder Otniel noch Ehud, weder Schamgar noch Barak und Debora, auch Jefta und Simson, war mehr als ein Stern, der nur für kurze Zeit in der Dunkelheit zu sehen war. Nur Gideon, der Vater…, aber nein, er war ein Zauderer gewesen, der nicht ergriffen hatte, was man ihm anbot…

Und da kamen sie endlich, auf die er gewartet hatte, so lange gewartet, daß ihm die Gedanken den Kopf verwirrt hatten. Doch einen klaren, einen hellen Kopf brauchte er, denn sie, die Brüder seiner Mutter, die eben das Tor der Burg verließen, würden ihn in ihr Haus rufen, denn er – Abimelech – hatte gestern zu ihnen und dem ganzen Geschlecht seiner Mutter gesagt:

»Redet doch vor dem Rat der Stadt und vor allen,
die zu den einflußreichen Familien gehören,
und sagt ihnen:
Was habt ihr lieber
– sobald Gideon gestorben und begraben ist –:

daß alle seine Söhne,
alle Angehörigen des Stammes Manasse
über euch herrschen,
oder daß *ein* Mann über euch herrscht
– und ihr mit ihm –,
so wie ihr es bisher in den Städten Kanaans
gewöhnt seid,
und dieser König wäre von eurem Gebein und Fleisch
– so wie ich es bin?«

Und nun ließen sie – die Brüder seiner Mutter – ihn rufen und sagten zu ihm:
»Wir haben lange und nachdrücklich im Rat und mit den herrschenden Familien über dich gesprochen und über das, was geschehen wird, wenn Gideon zu seinen Vätern versammelt wird, der doch unsere Stadt vor den Midianitern gerettet hat, und zu dessen Stamm Manasse wir gezählt werden. Und das ist es, was wir dir sagen sollen:

Du – Abimelech – sollst unser König sein,
denn du bist unser Bruder!

Aber ... es darf weder Streit noch Krieg mit deinen Brüdern in Ofra und mit dem Stamm Manasse oder mit Ephraim geben! Da sieh du also zu, wie du das verhindern kannst...

Der Schatzmeister des Tempels ist angewiesen,
dir 70 Silberstücke zu geben –
für deine 70 Brüder!«

Und dann verließen sie ihn, denn sie wollten mit dem, was folgen würde, nichts zu tun haben.

Abimelech aber stieg in der Nacht auf die Dachterrasse seines Hauses, sah auf den Tempel des Baal-Berit, sah in Gedanken den Denkstein, weiß und glänzend wie Feuer vom Himmel, und dachte: O, Josua – du und dein Haus...

Die Quelle Harod

Drei Esel standen diesmal im Innenhof des Hauses und warteten: die weiße – die schlohweiße und hochbeinige – Eselin Gideons und zwei grau-braune. Ein älterer und fast tauber Sklave hielt die größere der beiden grauen am Kopfzeug, und Jotam das jüngere Tier. Gideons Frau hatte darauf bestanden, daß sie nicht allein bis zur Quelle Harod ritten. Gideon sollte sich schonen, und was brachte es ihm schon ein, daß er sich durch das Gebirge bis an den Rand der Ebene Jesreel quälte! Vielleicht würden sie sogar in einer Höhle an der Gebirgsstraße die Nacht abwarten müssen. Er würde sich erkälten, und seine Gelenke würden ihn noch mehr schmerzen, so daß er nichts als Qualen von dieser Reise nach Hause brachte! Sie hatte den Sklaven angewiesen – falls sie wirklich die Nacht im Freien zubringen würden –, das Feuer nicht ausgehen zu lassen und die Decken so fest um Gideons Körper zu wickeln, daß nirgends ein Spalt offen stand und so die feuchte und kalte Luft keinen Einlaß fand. Sie verstand ihren Mann nicht und war ihm böse, daß er wie ein eigensinniges Kind darauf bestand, mit Jotam zu dieser lächerlichen Quelle zu reiten!

Gideon aber spürte seine Schmerzen nicht, als man ihm auf den Sattel der weißen Eselin half. Gerade und aufgerichtet saß er und hielt die Zügel so fest und sicher, als sei er wieder jung und stände am Anfang seines Lebens. Aber er wußte, daß es nicht der Anfang sondern das Ende war, wenn er jetzt mit Jotam alle wichtigen Orte seines Lebens abgeschritten haben würde, wenn er von der Quelle – dem Ort seiner tiefsten Demütigung – zurückgekommen war.

Nach Stunden erst hatten sie den nordwestlichen Abhang des Gebirges Gilboa erreicht und sahen hinunter in die weite Ebene.

Lange suchte Gideon, lange und verwirrt, denn alles sah anders aus als damals – es gab Büsche, wo keine gestanden, und große Bäume, wo nur kleine damals Schatten und Schutz gegeben hatten –, bis er die Quelle wiederfand. Auf der zusammengefalteten Decke, die der Taube an den Fuß eines Baumes gelegt hatte, saß er, lehnte sich an den Stamm und schloß die Augen, denn er war müde – sehr müde. Der taube Sklave hatte die Eselin – die schlohweise – an den Bach geführt und ließ sie aus seiner Hand trinken, doch die beiden grau-braunen folgten ihr, senkten die Köpfe und soffen, ohne auf die schalenförmige Hand zu warten. Da lief auch Jotam zur Quelle, warf sich auf die Erde, drückte das Gesicht bis an die Haare in das Rinnsal und trank.

Gideon öffnete die Augen und sah, wie Jotam den Kopf hob, um zu atmen, und sich danach wieder bückte und laut schlürfend das Wasser mit Lippen und Zunge trank, die Arme unter die Brust gelegt, um Halt auf dem nassen Gras zu finden. Da wußte Gideon, daß für Jotam die Geschichte, die er ihm doch jetzt erst erzählen wollte, schon lebendig geworden war, ehe er das erste Wort gesagt hatte!

»Jotam!« rief Gideon, und der Junge kam lachend zurück, tropfnaß das Gesicht und die Haare.

»Setz dich.« Jotam schob sich dicht an seinen Vater, drückte sich halb in den weiten, wollenen Mantel und schloß die Augen. Er wußte: Jetzt würde der Vater erzählen, und er würde es alles sehen, so deutlich und bunt, als sei es keine Geschichte aus einer Zeit, die längst vergangen war, sondern geschehe jetzt hier an dieser Quelle Harod:

»Als die Midianiter und Amalekiter erfuhren, daß ich die Posaune blasen ließ, und daß sie alle, alle gekommen waren – die von Manasse, Asser, Sebulon und Naftali – und sich hier im Gebirge Gilboa, in seinen Höhlen und Schluchten verbargen – denn wie ein Ameisenhaufen wimmelte es im Wald von ihnen –, da kamen die Midianiter über den Jordan bei Bet-Schean und lagerten sich in der Ebene Jesreel.

Aus unseren Verstecken konnte wir ihr Zeltlager sehen. Frei und ungeschützt lag es vor unseren Augen. Kaum ein Baum oder Strauch würde uns eine Deckung geben! Wie sollten wir sie dort angreifen? Wie sollten wir sie in der weiten Ebene besiegen? Diese Ebene, die sich wie ein Keil in das Gebirge schob und auf der wir immer die Besiegten sein würden. Denn was konnten wir gegen sie ausrichten, deren Kamele schneller waren als wir, und zu deren Hökker wir nicht hinaufreichten! Wohl hatten sie keine Streitwagen wie die Philister, gegen die zu kämpfen sinnlos war... Aber ER hatte es gewollt, daß wir sie angriffen, und ER hatte sie zuammengerufen, die aus Manasse, Asser, Sebulon und Naftali, sonst wären sie ja nicht gekommen, diese vielen, vielen! Und *weil* wir so viele, viele waren, deshalb würden wir die Midianiter besiegen und zurückjagen in die Wüste, aus der sie gekommen waren! Ja, so würde es sein! Amen.

Aber dann sprach JAHWE zu mir:
Das Volk, das bei dir ist, ist zu zahlreich
– es sind zu viel, viel zu viel! –
Sie könnten sich am Ende gegen mich brüsten
und sagen:
Meine eigene Hand hat mich errettet!
Ich, ich bin es selbst gewesen!

So laß vor allen Ohren ausrufen:
Wer ängstlich und verzagt ist, der kehre um!
Da kehrten sie mir den Rücken,
sie kehrten um,
so daß nur noch wenige übrig blieben.

Da erschrak ich. Warum hatte ER sie erst gerufen, daß sie alle, alle kamen – die doch sonst beiseite standen und zusahen, wenn ihr Nachbarstamm überfallen wurde! – Warum hatte ER sie gerufen, wenn ER sie nun wieder zurückschickte? Und wer von ihnen würde sich noch einmal rufen lassen, wenn ich wieder die Posaunen blasen ließ? Würden sie nicht alle sagen: Warum sollen wir zu ihm gehen, Weinberg und Acker verlassen, wenn er uns dann wieder fortschickt, gebrandmarkt mit dem Zeichen der Angst und Feigheit! – Ich verstand IHN nicht – damals, Jotam, verstand ich IHN nicht. Ich weiß nur, daß ich mich vor Scham umdrehte, als ich ihre Rücken sah. Nun waren wir nur noch ein kleiner Haufen, mit dem ich die Midianiter und die Amalekiter besiegen sollte... Aber JAHWE stand hinter uns, und ich vergaß alle Furcht, die mich überfallen hatte...

Da sprach der HERR zu mir:
Es sind zu viele – noch immer viel zu viele!
Führe sie hinunter an die Quelle,
dort will ich sie sichten für dich.
Und von wem ich dir sagen werde:
Der soll gehen – der gehe mit dir.
Und jeder, von dem ich sagen werde:
Dieser soll nicht mit dir gehen – der darf nicht gehen!
Da führte ich das Volk an das Wasser.
Und JAHWE sprach zu mir:
Laß sie trinken!

Und jeder, der mit seiner Zunge von dem Wasser leckt
– wie ein Hund leckt –, den stelle besonders.
Und ebenso jeden, der sich auf die Knie niederläßt
und aus der Hand trinkt.
Und da war die Zahl derer,
die mit der Zunge geleckt hatten,
nur dreihundert Mann,
aber die vielen, vielen übrigen
hatten kniend getrunken
und das Wasser mit der Hand zum Mund gehoben!
Da sprach JAHWE zu mir:
Mit der *kleinen* Schar will ich euch erretten
und die Midianiter und Amalekiter
in deine Hand geben;
aber alles übrige Volk laß nach Hause gehen!

Da mußte ich sie fortschicken, Jotam – und übrig blieben nur diese dreihundert. Nicht, weil sie schneller waren als die anderen, nein, weil es eben die kleinere Zahl war!

Ich fror, als hätte JAHWE mir meine Kleider abgerissen und mich nackt in den Sturm gestellt. So nackt und bloß stand ich vor ihm, als wäre ich eben erst geboren. Aber das Heer der Midianiter und Amalekiter lag vor uns; wie eine Wolke von Heuschrecken bedeckten sie die Ebene, und ihre Kamele waren nicht zu zählen. Sie waren wie der Sand am Ufer des Meeres – und nicht ein Mann von ihnen verließ das Lager! Aber JAHWE ist ein gütiger Gott, und voller Erbarmen sah er mein angstvolles Herz und sprach zu mir:

Steh auf und geh hinab zum Lager,
denn ich habe es in deine Hand gegeben.
Aber wenn du dich fürchtest,
nimm deinen Diener Pura mit,

so wirst du hören, was sie reden.
Dann werden deine Hände nicht mehr zittern,
sondern stark sein,
und du wirst mit der Schar der Dreihundert
zum Lager hinabziehen.
Da ging ich mit meinem Diener Pura
vom Abhang des Gebirges Gilboa hinab in die Ebene
bis dahin, wo die erste Schildwache stand.
Als wir dort ankamen,
da erzählte die eine der Schildwachen
der anderen ihren Traum und sagte:
Siehe, ich habe geträumt:
Ein großes Gerstenbrot rollte auf unser Lager zu
– es rollte und rollte und rollte –,
wurde größer und immer größer
und rollte bis zu unserem Zelt,
stieß es um, daß es einfiel und auf dem Boden lag
und das Oberste zu unterst kehrte.
Da erschrak der andere und antwortete:
Das Gerstenbrot, das sind die Gerstenbauern!
Es ist das Schwert Gideons, des Sohnes des Joasch,
des Israeliten aus Ofra.
Ihr Gott hat uns in seine Hände gegeben
mit unserem ganzen Lager!
Denn es war der Schrecken des HERRN,
der auf sie gefallen war.
Als ich dies hörte, da fiel ich anbetend nieder und
kehrte eilends zurück in das Lager Israels und rief:
Auf – denn JAHWE hat das Lager Midians
in eure Hand gegeben!
Und dann teilte ich die dreihundert Mann
in drei Haufen.

Nun hatten aber die,
die ich nach Hause geschickt hatte,
die Krüge mit ihrer Verpflegung
und ihre Posaunen zurückgelassen.
So gab ich jedem eine Posaune in die Hand
und einen der geleerten Krüge,
in denen – mit dem Brand nach unten –
eine Fackel steckte,
deren Schein man nicht sah; und ich rief:
Seht immer auf mich,
und wenn wir in das Lager kommen,
so tut, wie ich tue!

Und so geschah es, Jotam.

Wir hatten das Lager in der Mitte der Nacht erreicht und umstellt, ohne daß die Wachen uns bemerkt hatten – da war es, als seien die Sterne vom Himmel gefallen: Es krachte und klirrte, als bräche ein Berg in sich zusammen, und seine Scherben sprangen und zerrissen die Leinwand der Zelte!

Und dann stand das Lager der Midianiter und Amalekiter in einem Ring von Flammen und Rauch!

Doch mit dem Feuerwall stürzten Töne über die vom Schlaf auffahrenden Männer. Töne, die aus den Posaunen kamen, aber so grauenhaft, so entsetzlich, als seien es Schreie der Dämonen, wie man sie seit Vätertagen nicht mehr gehört hatte!

Und dann: Hunderte von Kehlen schrien aus Feuer und Rauch: Für den HERRN und für Gideon!

Da begannen im Lager alle durcheinander zu laufen und zu schreien, suchten den Feind und sahen nur Schatten, schlugen mit den Waffen um sich und trafen nur einander, trafen einander und die Kamele, die vor Furcht schrien, sich losgerissen hatten und zu fliehen versuchten. Da flohen auch sie.

Israel aber blieb stehen, jeder an seiner Stelle, rings um das Lager her.«

»Und dann, was geschah dann?« fragte Jotam.

Gideon erwachte und fand sich nicht zurecht. Er wußte nicht, daß das, was er in der Erinnerung gesehen hatte, zu Worten geworden war. Aber nun waren die Bilder versunken…

»Und dann, was geschah dann?« fragte Jotam noch einmal.

»Dann? – Ja, was geschah dann?« Und nach einer langen und peinvollen Pause sagte Gideon: »Ich weiß es nicht mehr, ich hab es vergessen…«

»Aber Vater, sie wollten dich doch zum König machen, erinnere dich – wenigstens das mußt du doch noch wissen!« drängte der Junge.

»Ich sehe nichts mehr, wie kann ich dir dann noch etwas erzählen – nur die goldenen Mondplättchen sehe ich, die abnehmenden und zunehmenden Monde an den Zaumzeugen ihrer Kamele…

Und daß mich die Männer Israels baten:
Sei Herrscher über uns,
du und dein Sohn und deines Sohnes Sohn,
weil du uns aus der Hand der Midianiter errettet hast!
Aber ich sagte zu ihnen:
Ich will nicht Herrscher über euch sein,
noch soll mein Sohn Herrscher über euch werden.
JAHWE soll Herrscher über euch sein.«

»Und warum bist du nicht ihr König geworden?«

»Weil ER mich nicht gerufen hat.«

»Aber es wäre gut gewesen, wenn du auf sie gehört hättest, denk an die Philister – keiner der Stämme Israels wird allein mit ihnen fertig, gemeinsam muß sie einer anführen, und einem müssen sie gehorchen, denn jeder verkriecht sich nur und denkt: Laß sie allein mit den Philistern fertig werden! Weißt du das nicht?«

»Jotam, ich weiß es und ich wußte es auch damals. Glaube mir, es ist sehr schwer, warten zu müssen, bis Er dich ruft. Und Er hat mich seitdem nicht mehr gerufen... Hier an dieser Quelle Harod hat Er zum letzten Mal mit mir gesprochen..., und bis heute habe ich darauf gewartet, umsonst gewartet. Seine Zeit ist eine andere als unsere Zeit, und Er teilt die Arbeit zu. Mir hat Er sie zugeteilt, und auch dir wird Er sie zuteilen. Aber nun laß uns aufbrechen, ich will nach Hause zurück.«

Hätte nicht der fast volle Mond am wolkenlosen Himmel gestanden, so hätte der Taube den Weg durch das Gebirge nicht gefunden. Gideon drängte und wußte selbst nicht, warum. Und so erreichten sie, noch ehe die Nacht vorüber war, Ofra.

Zu Hause aber wartete Abigail – das Mädchen mit der Lederkappe – im ersten Morgenlicht auf Jotam, hatte im Schatten des großen Vorratskruges in der Nacht gewartet, hatte gefroren, aber nicht aufgehört zu warten, und sagte – aber so leise, daß es niemand außer Jotam hören konnte –: »Hüte dich vor Abimelech!«

Jotam und Abimelech

Die Mondfinsternis

Der Geruch des gebratenen und gekochten Fleisches, der fetten Brühe und der bitteren Kräuter hatte sich über dem Hof mit dem von Schweiß und Erbrochenem gemischt. Die Klageschreie der Frauen – hoch und trillernd – waren längst verstummt, und die Söhne Gideons – waren es fünfzig, sechzig oder siebzig? – lagen schlafend da, wo sie gesessen hatten, um Mund und Bart glänzend vom Fett des Hammelfleisches.

Keiner achtete auf den Mond.

Nur Jotam, der mit Abigail vor dem Lärm der Essenden auf die Dachterrasse geflüchtet war, sah, daß die vollgerundete und silbern glänzende Scheibe sich verformte.

»Sieh!« sagte er zu dem Mädchen.

Langsam, aber unaufhaltsam verlor der Mond seine Form. Aber es war keine Wolke, die ihn bedeckte, es gab nichts, was ihn vor ihren Augen verbarg. Aus sich heraus – und das völlig lautlos – verlor die Scheibe auf eine sanfte, aber unheimliche Weise ihre Rundung. Sie veränderte sich, als sauge ein geöffneter Schlund sie in sich hinein!

Bewegungslos und nur flach atmend saßen Jotam und Abigail mit erhobenen Gesichtern, während ihre Nasenflügel feucht wurden. Und als die Silberscheibe verschwunden war – aber noch sichtbar, denn ihr durchscheinend nun kupfernes Bild blieb wie ein Echo zurück –, da war endgültig der Tag vergangen, an dem man Gideon begraben hatte im Grab seines Vaters Joasch in Ofra.

Doch da riß Abigail weit die Augen auf, krallte sich am Ärmel Jotams fest und rief leise: »Du mußt dich verstekken – sofort!«

Und sie riß ihn die Treppe von der Terrasse herunter, zerrte und zog ihn, den Erschrockenen, durch die schlafenden und betäubten Brüder, stieß ihn über die Straße und auf den Platz zu dem großen Vorratskrug.

»Klettere hinein und sei ganz still – ganz still! – Was du auch hörst, bleib ganz still – wenn es hell wird, hole ich dich heraus!« Und dann beugte sie ihren Rücken und sagte: »Steig herauf – der Krug ist leer!« Und Jotam stieg auf ihren Rücken und ließ sich willenlos in den Krug gleiten. »Ich hole dich!« Das war das letzte, was er hörte, ehe Ofra zum Schlachthaus wurde:

Abimelech hatte die 70 Silberstücke
aus dem Tempelschatz des Baal-Berit,
die man ihm gegeben hatte,
genommen und damit lose,
verwegene Männer gedungen,
die nichts zu verlieren hatten.
Die folgten ihm,
als er zum Hause seines Vaters nach Ofra ging.
Und er ließ seine Brüder töten,
Jotam aber blieb übrig,
denn er hatte sich versteckt

– und niemand kam auf den Gedanken, einen der Söhne Gideons – waren es fünfzig, sechzig oder siebzig? – in einem Vorratskrug zu suchen. Und das alles geschah in der Zeit, in der der Mond sein Licht verlor, bis er dann wieder voll und glänzend am Himmel stand.

Auf dem Platz selbst war es jetzt still geworden und leer, aber aus den Häusern Ofras hörte man das Jammern und Klagen über die Toten.

Abigail klopfte zuerst leise und dann immer lauter an die Wand des tönernen Kruges, aber nichts antwortete ihr, weder ein Wort noch ein Kratzen oder Scharren konnte sie vernehmen. War Jotam eingeschlafen oder war er ohnmächtig geworden? Wie sollte sie ihm aus der engen Öffnung heraushelfen, wenn er mit keinem Zeichen auf ihr Klopfen antwortete? Oder war er etwa in dem Krug erstickt? Abigail erschrak. Sie hatte ihn dazu überredet, sich dort zu verstecken, so mußte auch sie ihn wieder herausholen – irgendwie! Wenn sie doch den Krug umkippen könnte, um in ihn hineinzusehen!

So versuchte sie, den großen und schweren Krug umzustoßen – aber er bewegte sich nicht.

»Was machst du da?« fragte der Mann aus Sichem, der plötzlich neben ihr stand und den sie nicht kommen gehört hatte. Abigail zuckte erschrocken zusammen, aber dann sah sie, daß auch er erschrocken war. Da fragte sie zurück: »Was machst *du* hier?«

»Ich habe nichts getan – gar nichts! Ich habe mit der ganzen Sache nichts zu tun, sieh!« Und dabei hob er seine Hände und zeigte ihr seine Handflächen: »Es ist kein Blut daran!« Und doch wischte er sie unruhig und aufgeregt an seinem Oberkleid ab. »Ich habe nicht gewußt, was er hier in Ofra vorhatte. Du mußt es mir glauben!«

»Dann hilf mir den Krug umzulegen – wir müssen ihn dann sicherlich zerschlagen!« sagte das Mädchen.

Als dann der Krug auf der Erde lag und der Mann aus Sichem mit einem Stein ein Loch in die Wölbung geschlagen und es vorsichtig Scherbe für Scherbe erweitert hatte, zog und zerrte Abigail den ganz benommenen Jotam aus der dunklen Schale, wie man ein Küken aus seinem Ei befreit, wenn es selbst zu schwach dazu ist.

»Wer ist das?« fragte der Mann aus Sichem.

»Das ist der jüngste und nun der einzige Sohn Gideons.«

Da erschrak der Mann aus Sichem, sah sich furchtsam um, trat in den Schatten des Hauses und dachte: Was soll ich jetzt tun? Soll ich das Kind erschlagen und zu den anderen legen, die da nebeneinander auf der Erde liegen und die der Anführer der Männer Abimelechs immer und immer wieder zählt, weil ihm einer fehlt, eben dieser eine, der noch ein Kind ist? Aber dann sagte er: »Ich muß nach Sichem zurück. Abimelech darf nie erfahren, daß ich in dieser Nacht in Ofra gewesen bin – und du«, dabei sah er Jotam an, »auch du mußt Ofra verlassen! Such dir ein besseres Versteck – denn dein Bruder Abimelech wird heute abend König von Sichem!«

Auf dem Berg Garizim

»Jotam – nimm die graue Eselin, die weiße fällt zu sehr auf!« sagte Abigail.

»Aber wer wird sie füttern und tränken? Ich werde nicht nach Ofra zurückkommen.«

»Ich hole sie in unseren Hof – und wenn du dich versteckt hast, gib mir Nachricht, dann bringe ich sie zu dir!«

Da öffnete Jotam den Ausschnitt seines Unterkleides, griff mit der Hand nach der blanken Scheibe auf seiner Brust, zog sie an dem Lederriemen hervor und zeigte sie Abigail. »Sieh sie dir genau an. Dem, der dir die Scheibe an diesem Lederriemen bringt, dem kannst du vertrauen!«

»Von den Scheiben gibt es viele – woran soll ich erkennen, daß es deine ist?«

Da zog Jotam den Lederriemen über seinen Kopf, knotete die beiden Enden auseinander und holte aus dem Oberkleid, das bauschig über dem breiten Gürtel hing, ein Messer.

»Das Messer hat mir meine Mutter gegeben, als ich mit meinem Vater aus dem Weinberg nach Haus kam, es ist schön, ja?« Liebevoll und stolz sah er auf die kostbare Eisenklinge.

»Na und? Was ist damit? Du mußt doch fort, oder willst du noch lange in Ofra bleiben?« drängte Abigail.

»Warte«, sagte Jotam. Er bückte sich, legte das eine Ende des Riemens auf die steinerne Türschwelle und schnitt drei Kerben hinein. »Das ist dein Zeichen: *A-bi-gail.*« Dann legte er das andere Ende auf die Schwelle, schnitt zwei Kerben ein und sagte: »Und das ist mein Zeichen: *Jo-tam.* Nur wenn der Riemen mit diesen beiden Zeichen an die Scheibe geknotet ist, dann ist es meine!« Er hängte die Scheibe wieder um seinen Hals, versteckte sie unter seinem Hemd, kletterte auf den grauen Esel und drehte sich kurz über die Schulter zurück: »Ich muß es ihnen sagen, sie wissen es nicht!«

»Wem willst du es sagen?«

»Den Bürgern von Sichem – sie wissen nicht, was er getan hat!«

Es war am späten Nachmittag, als Jotam den Vorberg des Garizim erreicht hatte. Den Esel hatte er am Fuß des Berges angebunden, damit sein Geschrei – falls er schreien würde! – ihn nicht verriet.

Nun stand der Junge im Schutz einer Tamariskengruppe – niedrig und buschig verwachsen und doch viel größer als er – und sah von oben in die Stadt Sichem, die vor seinen Füßen lag. Von diesem Platz aus würde man ihn hören können, wenn der Südwestwind bei Anbruch der Dunkelheit nicht starb. Noch, noch mußte er warten, denn die Instrumente des Tempelorchesters übertönten alle anderen Geräusche des Burgtempels und der Stadt. Jotam sah die Menschenmenge, die Kopf an Kopf gedrängt auf dem Tempelplatz stand. Nur um den weiß und kalkig leuchtenden Stein und den heiligen Baum herum war Platz freigelassen worden. Die einzelnen Menschen, die der Massebe am nächsten standen, konnte Jotam nicht erkennen. Aber einer von ihnen mußte Abimelech sein. Auch auf allen anderen Straßen und Plätzen standen die Bürger Sichems, für die in dem heiligen Bezirk kein Platz vorgesehen war.

Neugierde und Unruhe lagen über Sichem. Und durch diese Schicht von Erregung schnitt nun, einem scharfen Messer gleich, die Stimme Jotams, diese Stimme, die in keinem Verhältnis zu seiner körperlichen Kleinheit stand – aber wer sah das schon! Da hoben sie alle ihre Gesichter und wendeten ihre Köpfe zum Garizim.

»Hört auf mich, ihr Bürger von Sichem,
daß auch Gott auf euch höre:
Habt ihr wirklich redlich und gut gehandelt,
wenn ihr Abimelech zu eurem König gemacht habt –
habt ihr wirklich redlich an Jerubbaal, meinem Vater, gehandelt,

der für euch kämpfte,
der sein Leben für euch auf das Spiel setzte
und euch aus der Hand der Midianiter errettete?
Habt ihr wirklich redlich und gut gehandelt,
wenn ihr heute Abimelech
– den Sohn der Magd! –
zu eurem König gewählt habt,
weil er aus eurem Geschlecht ist,
und der doch die siebzig Söhne des Jerubbaal
getötet hat
– alle siebzig Brüder – in einer Nacht?
Wenn ihr also wirklich redlich
und gut gehandelt habt,
so mögt ihr Freude an Abimelech erleben,
und auch er mag Freude an euch haben –
dann sollt ihr gesegnet sein bei eurem Eingang
und gesegnet bei eurem Ausgang!
– Und alles Volk soll sagen: Amen!«
Da riefen die Bürger Sichems: Amen.
»Wenn ihr aber nicht redlich und gut
an meinem Vater Jerubbaal und an meinem Hause
gehandelt habt,
weil ihr Abimelech
– den Sohn der Magd! –
zu eurem König gemacht habt,
der doch die siebzig Söhne des Jerubbaal getötet hat
in einer einzigen Nacht
– wenn ihr nicht redlich und gut gehandelt habt,
dann sollt ihr verflucht sein bei eurem Eingang
und verflucht bei eurem Ausgang!
Und alles Volk sage: Amen!«
Da riefen die Bürger Sichems: Amen. –

»Denn dann gehe Feuer von Abimelech aus
und fresse die Bürger Sichems
und die Bewohner der Tempelburg.
Und es gehe Feuer von den Bürgern Sichems aus
und den Bewohnern der Tempelburg
und fresse Abimelech.«
– Und dann sang Jotam, und alle, die es hörten,
summten und sangen mit,
denn sie alle kannten dies Lied.
Und hier und da, aber deutlich zu hören,
klopften sie den Takt mit den nackten Zehen
auf dem Boden
und schnalzten mit Mittelfinger und Daumen,
aber auf dem Gelände des Burgtempels
sang niemand mit! –

»Es zogen einst die Bäume aus,
einen König über sich zu salben.
Und sie sprachen zum Ölbaum:
Werde unser König!
Da sprach zu ihnen der Ölbaum:
Soll ich mein schönes Öl lassen,
nur um euer König zu sein?

Da sprachen die Bäume zum Feigenbaum:
Werde unser König!
Da sprach zu ihnen der Feigenbaum:
Soll ich meine süßen Feigen lassen,
nur um euer König zu sein?

Da sprachen die Bäume zum Weinstock:
Werde unser König!

Da sprach der Weinstock:
Soll ich meinen Wein lassen,
der alle Menschen erfreut,
nur um euer König zu sein?

Da sprachen die Bäume zum Dornstrauch:
Komm, werde unser König!
Da sagte der Dornstrauch:
Ich will euer König sein!
Kommt in meinen Schatten –
wenn ihr aber nicht kommt,
dann will ich euch mit Feuer vernichten!«

Und dann drehte sich Jotam um und floh vor seinem Halbbruder Abimelech. Es war dunkel geworden, der Mond, der sich in der letzten Nacht verfinstert hatte, war voll und rund, aber von Wolken bedeckt. Jotam stolperte, fiel auf den Boden, stand wieder auf und wußte nicht, in welche Richtung er fliehen sollte.

Da ergriff ihn ein Mann, hielt ihn am Oberarm fest und sagte: »Komm mit – sie werden bald hier sein!« Dabei zog er ihn neben sich her. Schnell und immer schneller lief der Mann, und der Schein der Fackeln, die von denen getragen wurden, die Abimelech gesandt hatte, um den zu suchen, der ihn und die Stadt Sichem verflucht hatte, sprang zwischen den Bäumen den Berg hinauf.

Und dann blieb der Mann stehen, von dem Jotam glaubte, daß er ihn zu Abimelech bringen wollte. Er riß einige Dornenzweige zur Seite, die vor ihnen auf dem Weg wuchsen, und sagte: »Sei vorsichtig – hier sind Stufen! Zähle sie, denn sehen kannst du sie nicht. Es müssen vier sein.«

Mit den Füßen tastete sich Jotam Stufe für Stufe hinunter und blieb dann zwischen den Mauerresten stehen, die einen kleinen, eingefallenen Absatz bildeten. Der Mann – noch immer fremd und im Dunkeln nicht zu erkennen – zog hinter ihnen das Dornengestrüpp wieder über die Treppe und stieg dann zu Jotam hinunter. »Noch einmal vier Stufen, aber halte dich nach rechts!« Feucht und modrig roch es, und so dunkel war es, daß Jotam angstvoll die Hand nach dem Unbekannten ausstreckte, den er doch nicht sehen konnte.

»Links ist eine Zisterne – aber trink nicht von dem Wasser, ich bringe dir morgen zu essen und zu trinken. Komm, hier ist noch eine Treppe, du mußt wieder zählen, fünf Stufen sind es diesmal.«

So brachte der Mann Jotam in diesem schon lange verfallenen kanaanäischen Heiligtum auf dem Garizim in Sicherheit.

»Das ist der Hof gewesen, und hier rechts war der Altar. Du kannst dich in meinen Mantel wickeln. Es ist wenigstens mehr Platz zum Schlafen da – als in einem Vorratskrug!« Da wußte Jotam, daß es wieder der Mann aus Sichem war, der blinde und doch so gut sehende Bettler aus Ofra.

»Warte auf mich, ich muß nach Sichem zurück – ich gehöre ja zu denen, die dich suchen sollen!« Und das war das letzte, was Jotam von ihm hörte. Denn als der Mann aus Sichem am nächsten Tag kam, um dem Jungen Brot und Wasser zu bringen, lag nur noch der Mantel – sauber zusammengelegt – auf dem Boden. Da schlug sich der Mann mit der Faust vor die Stirn, fluchte und sagte: »Hätte ich ihm doch gestern in der Nacht die Hände und Füße zusammengebunden, dann wäre er noch hier, und ich hätte ihn jetzt da verstecken können, wo er in Sicherheit wäre. Es brauchte ja nicht lange zu sein, vielleicht nur wenige Tage, bis Abimelech den Finderlohn ausgesetzt hat. – Aber ich werde ihn schon finden, denn weit kann er nicht sein, so klein und schwach, wie er ist!«

Von dem Tag an suchte der Mann aus Sichem Jotam und fragte alle, die er traf, nach ihm, aber niemand hatte ihn gesehen.

Unter den Dornen

Als das Lied von den Bäumen, die einen König suchten, verstummt war und die Bürger Sichems noch immer ihre Köpfe lauschend zum Himmel hoben, weil sie hofften, die Stimme vom Garizim ließe sich noch einmal hören, stand der Wollhändler auf. Er winkte seinem Diener, der vor der Tür auf der Erde saß, und verließ mit ihm den Hof der Herberge.

Die neue Stadtmauer Sichems – als Kasemattenmauer gebaut – bot in ihrem doppelten Mauerring Platz für Lagerräume und Ställe, die nach Bedarf kurz- oder langfristig vermietet wurden. In zwei dieser fensterlosen Kammern hatte der Wollhändler seine Säcke und Ballen gestapelt. Er zerbrach das Lehmklümpchen, das einen Siegelabdruck trug, und knotete den Strick von dem Holzriegel, der die Tür des rechten Raumes verschloß. Dann sagte er zu seinem Diener: »Du wirst in diesem Raum schlafen, bis ich wiederkomme. Du bleibst auch am Tag vor den beiden Türen. Das Essen schickt dir der Wirt der Herberge, die Esel werden in seinem Stall versorgt.« Dann ging er in die Herberge zurück, tat Brot und Käse in seinen Beutel und einen dünnen Schlauch mit Wasser und sagte zu dem Wirt:

»Du wirst meinem Diener, der in meinen Lagerräumen in der Mauer neben dem Osttor meine Ware bewacht, einmal am Tag etwas zum Essen und Trinken bringen, soviel er von dir verlangt.« Er gab dem Wirt einen schmalen Ring aus Bronze. »Ich denke, daß du damit zufrieden bist. Und wenn ich später zurückkomme, als ich es plane, und du ihm mehr gibst, will ich es dir entgelten, wenn ich wiederkomme.« Dann verließ der Wollhändler Sichem durch das Osttor, um den zu suchen, dessen Stimme er vom Garizim gehört hatte.

So kam es, daß außer den Männern Abimelechs, die mit Stricken und Stangen ausgezogen waren, Jotam zu fangen, und dem Mann aus Sichem sich noch ein weiterer Mann durch das Gestrüpp einen Weg suchte und leise und vorsichtig jedes Geräusch vermied.

Der Wollhändler, der den Vorberg des Garizim gut kannte, ahnte, wo sich der letzte Sohn Gideons in der Nacht verstecken würde. Denn nur in der Ruine konnte er den neuen Tag abwarten, um dann das Gebiet des Stadtstaates Sichem zu verlassen. So verbarg auch er sich in der Nähe des zerstörten Heiligtums, voller Sorge, daß die Männer Abimelechs, deren Fackeln er durch das schüttere Gesträuch der Tamarisken sehen konnte, auf den gleichen Gedanken gekommen waren wie er und den jungen Mann hier suchen konnten.

Dies alles geschah, nachdem der Mann aus Sichem Jotam verlassen und den Dornstrauch wieder über die ersten Stufen der in die Tiefe führenden Treppe gezogen hatte.

Schon ehe die Sonne aufging, beobachtete der Wollhändler den Dornenstrauch, der noch immer reglos verbarg, was sich unter ihm versteckte. Und dann, als sich die Zweige bewegten und zurückgeschoben wurden, war er enttäuscht. Nicht der gesuchte Mann mühte sich auf dem Boden kriechend hervor, sondern ein Junge – ein Kind noch!

Und doch schlich er sich näher, legte ihm, der sich suchend umblickte, die Hand auf die Schulter und fragte: »Wo ist der Mann?«

»Welcher Mann?« fragte Jotam.

»Der das Lied gesungen hat – gestern!«

Jotam erschrak, als er den Mann erkannte. Das war doch der Wollhändler, der nach der Schafschur nach Ofra kam und die Wolle aufkaufte! War auch er ein Spion Abimelechs, der ihn jetzt zu ihm bringen würde?

Böse und abwehrend sagte er: »Was willst du von dem Mann – er hat dir nichts getan!«

»Ich will ihm helfen – denn Abimelech wird ihn auch heute suchen lassen. Und wenn ich ihn nicht bald finde... Ich habe nur einen kurzen Vorsprung!« Dabei sah sich der Wollhändler unruhig um.

»Dann wollen wir gehen«, sagte Jotam.

»Wir – wie meinst du das?«

»Ich bin Gideons Sohn – der einzige, der in Ofra übrig geblieben ist.«

Der Wollhändler glaubte es nicht; denn wie konnte er es wissen, da er doch von Jotam nie mehr als den Kopf gesehen hatte, der von der Terrasse auf ihn herabsah!

So sagte er: »Aber du bist doch zu klein...!«

»Deshalb bin ich auch übrig geblieben. Wäre ich so groß wie alle anderen, die wie ich dreizehn Jahre alt sind, dann hätte mich Abigail nicht im Vorratskrug verstecken können – und ich wäre tot – so tot wie alle meine Brüder.«

»Aber deine Stimme – das war keine Kinderstimme, du sprichst ja auch jetzt wie ein Kind!«

»Nur wenn ich leise spreche – soll ich es dir beweisen? Soll ich laut rufen…?«

»Nein – ich glaube es dir!« rief der Wollhändler, legte seine Hand auf Jotams Mund und sah jetzt, daß die Augen und die Stimme vom Berg zusammengehörten und nur die Größe des Jungen auf so fremde und unverständliche Weise in dieses Bild nicht hineinpaßte.

Und dann brachte der Wollhändler Jotam nach Beer zu seiner Familie, denn er wohnte dort. Jotam aber sagte: »Geh nach Ofra und suche ein Mädchen, das eine lederne Kappe trägt, und bring ihr diese Scheibe – aber verlier den Lederriemen nicht!« Dabei öffnete er sein Hemd, hob die glänzende Scheibe an dem ledernen Riemen über seinen Kopf und legte sie in die Hand des Wollhändlers. »Sag ihr, wo ich bin.«

So kam es, daß schon wenige Tage danach Abigail die Eselin – die hochbeinige und schlohweiße – nach Beer zu Jotam brachte und sagte: »Auch wir sind nicht mehr in Ofra. Mein Vater ist jetzt Wächter in Tebez, und meine Mutter und ich wohnen mit ihm im Turm der Burg.«

Als die Frau des Wollhändlers die weiße Eselin sah, dachte sie: Wie kommt das Kind zu einem so kostbaren Tier? Wird es nicht die Männer Abimelechs zu unserem Haus führen? Aber ihr Mann freute sich und sagte: »Sage auf der Gasse und auf dem Feld: Freut euch mit mir! Denn mein Mann hat endlich eine weiße Eselin gefunden – eine hochbeinige und schlohweiße! –, die er schon lange gesucht hat! Nun hat er die Jäger gebeten, ihm ein Füllen – ein männliches – des Wildesels zu fangen. So ein ganz junges, nicht älter als drei Tage. (Denn wer könnte es danach noch einholen?) In einigen Jahren wird er dann Mischlinge haben, goldfarbene Mischlinge, die er in Damaskus teuer verkaufen kann!«

Darum stellte niemand eine Frage, und keiner in Beer vermutete, daß der fremde Junge – wohl ein Brudersohn des Wollhändlers? – und die weiße Eselin zusammengehörten.

Die Frage

»Was soll aus ihm werden, willst du ihm eine Frau kaufen?« fragte die Frau des Wollhändlers ihren Mann.

»Warum ich?«

»Ja glaubst du denn, daß er sich für sieben Jahre als Sklave vermietet, um eine Frau bezahlen zu können? Er hat doch weder Land noch Vieh! Aber wer würde ihn sich zum Schwiegersohn nehmen? Er ist doch viel zu schwach zum Arbeiten – und seine Kinder? Vielleicht werden sie noch kleiner als er! – Sag mir, was soll aus ihm werden?«

Aber ihr Mann antwortete ihr nicht.

Da erhob sie noch einmal ihre Stimme und sagte: »In dem Jahr, in dem du diese Mißgeburt mitbrachtest, waren die Schafe schon geschoren und die Wolle war verkauft, dann kamen die Getreideernte und die Weinernte – in dieser Zeit war er schon in unserem Haus. Und dann kam die erste Regenzeit und nach einem Jahr die nächste große Regenzeit, und jetzt ist wieder die Ernte gedroschen – und wir geben ihm noch immer zu essen, und ich muß ihm jetzt auch noch einen neuen Umhang nähen – nicht, weil der alte ihm zu kurz geworden ist«, und dabei lachte die Frau, »nein, weil er für ihn nicht mehr gut genug ist, wie du meinst!«

Aber der Wollhändler schwieg noch immer.

»Sag – was hat er mit dir zu tun? Warum hältst du ihn nicht strenger zur Arbeit an? Er hat weder Vater noch Mutter, weder Brüder noch Brüder seines Vaters – was bedeutet er dir?«

Da sagte der Wollhändler: »Was geht es dich an«, und verließ den Hof. Aber weder er noch seine Frau wußten, daß Jotam gehört hatte, was sie sprachen, denn sie glaubten, er sei auf dem Felde.

Als es Abend geworden war und das Feuer auf dem Hof, auf dem die Frau des Wollhändlers das Essen gekocht hatte, nur noch schwach und müde brannte, da schob sich Jotam neben den Wollhändler, der auf der Erde vor dem Feuer saß, und sagte:

»Laß mich morgen mit dir nach Sichem gehen, wenn du Beer verläßt.«

»Was willst du in Sichem? Du weißt, daß Abimelech schon fast drei Jahre dort König ist!«

»Ich will nicht in die Stadt – ich will auf den Ebal!«

»Auf den Fluch-Berg?« fragte der Wollhändler. »Du hast Abimelech vom Garizim aus verflucht, reicht dir das nicht?«

»Was ich auf dem Ebal will, hat nichts mit Abimelech zu tun, sondern mit Abraham und Josua.«

»Wer hat dir von Abraham und Josua und dem Ebal erzählt?«

»Mein Vater. – Und von dem Altar und den getünchten Steinen…«

»Aber der Altar stand nicht auf dem Ebal, sondern neben dem heiligen Baum im Heiligtum der Kanaanäer mitten in Sichem!«

»Dann will ich wenigstens vom Berg aus hinuntersehen, ich will ihm ganz nahe sein! – Mein Vater hat mir alles erzählt, aber es waren nur Worte – er hat mich nie mitgenommen, wenn er mit den anderen nach Sichem ging, ich war für ihre Feste wohl zu klein. Immer scheine ich für alle und alles zu klein zu sein«, sagte Jotam und sah dabei auf seine Hände, die noch immer die Hände eines Kindes waren. Der Wollhändler hob den Kopf und sah nachdenklich auf den Schatten des Jungen, den kleinen und schmalen Schatten.

»Nur Abigail hat nie gesagt, daß ich zu klein für sie bin, dabei ist sie wirklich viel größer als ich!« sagte Jotam leise. Aber der Wollhändler hatte es gehört und sagte schnell:

»Wir werden morgen beide auf dem Ebal und an den getünchten Steinen sein, und du erzählst mir, was dein Vater dir von Josua und Abraham gesagt hat – denn mein Vater konnte es mir nicht erzählen.«

»Warum konnte es dein Vater dir nicht erzählen?«

»Laß die Frage, Jotam – es ist schon spät geworden.«

Und es war wirklich spät, denn das Feuer schien gestorben. Aber der Wollhändler schob die kalte Asche von der Seite her über der Glut zu einem spitzen Kegel zusammen, so konnte sie unter ihr weiterglimmen durch die Nacht bis zum nächsten Tag.

Auf dem Ebal

Der Ebal – höher als der Garizim, aber flach gewölbt ohne Kanten und Spitzen – war schon am Mittag erreicht. Der Wollhändler hatte für sich und Jotam eine flache Mulde gesucht, die zwar nur kärglich bewachsen war, aber doch Schutz vor der Sonne bot. Die zwei Esel standen neben ihnen und ließen dösend die Köpfe hängen. Der Wollhändler zog den Stöpsel aus dem Verschluß des Wasserbehälters – einer Tasche gleich aus schwarzem Ziegenfell –, hob ihn hoch, legte den Kopf in den Nacken und ließ den Strahl in den geöffneten Mund laufen. Dann gab er Jotam den Wasserschlauch und sagte: »Trink!« Als Jotam getrunken hatte, verschloß der Wollhändler den Behälter, legte ihn in den Schatten, lehnte sich an die Böschung in der Mulde und fragte: »Was war mit Abraham, und wo kam er her?«
Und Jotam erzählte:

»Sein Vater hieß Terach
und lebte in Ur am Ufer des Euphrat.
In Ur wurde Abraham geboren,
in der Stadt des Mondgottes Sin.
Und in Ur stand der Turm,
die unterste Stufe war schwarz,
die zweite rot
und die dritte blau.
Und auf dieser Stufe
stand der Tempel aus Gold und Silber
und reichte bis an den Himmel.
Aber aus Ur
– dessen Häuser, aus gebrannten Ziegeln
und weißgetüncht,

zwei Wohnungen übereinander hatten
und in engen schattigen Gassen standen –
aus Ur zog Terach mit seinem Sohn Abraham
und dessen Frau Sara
und mit Lot, dessen Vater schon gestorben war,
nach Haran.
Aber Sara war unfruchtbar.
Und als Terach in Haran starb
– alt und lebenssatt –,
da sprach der HERR zu Abraham:
Geh aus deinem Vaterland
und von deiner Verwandtschaft
– denn in Haran lebte Nahor, der Bruder Abrahams,
mit seiner Frau Milka –
in ein Land, das ich dir zeigen will.
Und ich will dich zum großen Volk machen,
will dich segnen
und dir einen großen Namen machen;
und du sollst ein Segen sein,
und in dir sollen gesegnet werden
alle Geschlechter auf Erden!
– Sara aber war alt und unfruchtbar! –
Da tat Abraham, wie der HERR zu ihm gesagt hatte,
und ließ seine Gärten und Felder,
seine Brunnen und Ölbäume,
seine Häuser und Höfe,
die Webstühle und Keltern,
all dies ließ er zurück.
Aber Sara, seine Frau – die unfruchtbare –
und Lot, seines Bruders Sohn,
dazu alle seine Schafe und Ziegen
und all seine Knechte und Mägde,

die er in Haran erworben hatte,
die nahm er und zog aus,
um in das Land Kanaan zu reisen.
Und Abraham durchzog das Land
von Norden nach Süden
und kam bis Sichem.
– Sichem aber war eine große Stadt,
und es wohnten damals schon die Kanaanäer dort. –
In Sichem erschien der HERR dem Abraham
und sprach:
Deinen Nachkommen will ich dies Land geben!

– Nicht ihm, dem Abraham, der den weiten Weg von Haran bis nach Kanaan gemacht hatte und doch eigentlich schon aus Ur vom Euphrat kam, wollte ER das Land geben, sondern den Kindern und Enkeln der Frau, die noch nie geboren hatte und auch über die Jahre hinaus war, in denen sie empfangen konnte!

Doch Abraham baute einen Altar dem HERRN, der dort zu ihm gesprochen hatte! Er baute ihn auf dem Hof des kanaanäischen Heiligtums zwischen die Terebinthe und den weißen Kalkstein, und danach brach er auf und zog in das Gebirge – und ist nie nach Sichem zurückgekommen!«

So schloß Jotam diesen erstaunlichen Bericht. Der Wollhändler, der sich inzwischen aufgerichtet hatte, um auf die Stadt hinunterzusehen, als könne er dort unten die Zelte Abrahams sehen oder die eingezäunten Hürden für die vielen Schafe und Ziegen, sagte:

»Verstehst du das?«

»Was?«

»Daß man das tun kann – gehorchen – so blind und ohne Sinn und Verstand!«

»Was hätte Abraham sonst tun sollen?«

»Das paßt nicht zusammen! Er redet doch an der Wirklichkeit vorbei!«

»Und was ist die Wirklichkeit?«

»Daß das Land hier von den Kanaanäern bewohnt wurde – daß es kein Niemandsland war – daß es viele, sehr viele Städte mit vielen Menschen gab – und daß die Frau niemals Nachkommen zur Welt bringen würde! Jotam, die Sachen müssen zusammenpassen und sich nicht so unsinnig gegenseitig ausschließen – verstehst du das nicht?«

»Aber Er hat es doch zu Abraham gesagt…«

Der Wollhändler schüttelte den Kopf, und dann sagte er: »Ach Jotam – ich glaube, wenn Er zu dir sagte: Lauf hinunter nach Sichem, stell dich vor das Haus Abimelechs und ruf: Ich bin Jotam, Gideons Sohn!, dann würdest du es tun!« Und dabei lächelte er und legte ihm den Arm um die Schulter.

»Ich würde es tun – aber Er sagt es mir nicht – Er spricht nicht mit mir.« Jotam senkte den Kopf.

Die einflußreichsten Familien Sichems hatten sich von Abimelech abgewendet, denn sie wollten bleiben, was sie waren, und weiterhin über die herrschen, die weniger bedeuteten als sie selbst. Sie wollten sich nicht eingliedern lassen in den Stamm Manasse, in dem gleiches Recht für alle galt.

In dem Augenblick nun, in dem Jotam sagte: »Er spricht nicht mit mir«, verließ Abimelech mit seinen Männern Sichem und zog nach Aruma, um dort zu wohnen, südöstlich im Gebirge und auf dem Gebiet des Stammes Ephraim. Schweigend standen die Bürger Sichems am Rand der Straße und sahen ihm böse nach.

Doch daß Abimelech die Stadt verließ, sahen der Wollhändler und Jotam nicht, denn sie waren weitergegangen, um die Steine zu suchen, die weißgetünchten, die Josua auf dem Ebal aufgestellt hatte, wie Er es ihm befahl.

Josua

Sie fanden sie nicht, die Steine, die weißgetünchten mit den Worten des Gesetzes. Waren sie schon in der Erde versunken oder umgestürzt worden? Hatten die Sturzfluten des Regens die Kalktünche abgewaschen, oder hatte die Sonne sie zerstört?

»Wir finden sie nicht – es ist umsonst, daß wir weitersuchen!« sagte Jotam und fuhr fort: »Du willst doch noch in die Stadt hinuntergehen – ich werde hier auf dich warten.«

»Ich gehe nicht nach Sichem – jedenfalls jetzt nicht.«

»Aber – warum sind wir dann hierher gekommen?« fragte Jotam erstaunt und überrascht.

»Deinetwegen – du wolltest mir doch von Abraham und Josua erzählen!«

Da fragte Jotam: »Hat dir dein Vater wirklich nie von Josua erzählt?«

»Nein.«

»Warum nicht?«

»Weil er es nicht wußte.«

»Aber warum wußte er nichts von Josua?«

»Ich bin in Aschdod geboren, mein Vater war ein israelitischer Sklave und meine Mutter eine Philisterin.«

»Ach so –«, sagte Jotam, »so ist das. Ja, wie solltest du dann von Abraham und Josua etwas wissen.«

»Deshalb mußt du es mir erzählen – aber ehe es Nacht

wird, denn wir wollen in der Herberge neben dem Osttor übernachten.«

»Ja – womit soll ich anfangen? Mit Abraham? Aber das war lange vorher und das habe ich dir eben erzählt – mit Mose? – der sie aus Ägypten herausgeholt hat? – Aber der ist nie über den Jordan gekommen, und keiner kennt bis heute sein Grab. – Ach, laß mich gleich mit Josua anfangen, aber so ganz genau habe ich es auch nicht verstanden, ich war eben doch zu klein dazu!

Hebräer nannten die Kanaanäer sie, als sie in das Land kamen, *Hebräer*, das heißt: Volk aus der Steppe, das den Euphrat und Jordan überschritten hat: *Enterbte, Enteignete, Ausgestoßene.*

Sie brachten ihre Ziegen und Schafe mit und wohnten in Zelten am Rande der Städte, sie pachteten Weideland für die Herden und verkauften Fleisch und Wolle, Leder und Felle, Krüge und Käse in der Stadt.

Später brachen sie ihre Zelte ab und bauten sich Häuser in Siedlungen, die keine Mauern hatten. So schoben sie sich in das Land und siedelten im Gebirge.

Sie zogen umher und wanderten weiter, kamen vom Rande der Wüste, kamen vom Jordan und verließen auch wieder das Land. Ja, sie zogen – getrieben vom Hunger in den Jahren, in denen kein Regen fiel und das Vieh starb – bis nach Ägypten.

Aber andere blieben zurück, fanden hier und da einen Platz zum Überleben, blieben in ihren Familien und Sippen, gaben ihre Söhne und Töchter nur innerhalb der großen Familie zur Ehe, aber sie suchten Halt – mal hier und mal dort – bei den Göttern Kanaans.

Weißt du – es mag gewesen sein wie das Gewusel in einer großen – sehr großen – Schafherde, die weder einen

Hirten noch Hunde hat, einer Herde, die nach rechts und links ausbricht, um Wasser zu suchen, die zusammengehört und in der doch jedes versucht, seinen Weg zu finden, um zu überleben.«

»Und dann kam Josua?«

»Ja – Josua kam mit denen, die aus Ägypten kamen. Und denen war ER auf dem langen Weg vom Nil bis zum Jordan erschienen!

Am Tag erschien ER ihnen in einer Wolkensäule
und nachts in einer Feuersäule.
Und dann hatte ER Mose
auf einem hohen Berg gesagt:
Sage ihnen:
Ihr habt gesehen,
wie ich euch aus Ägypten – aus der Sklaverei –
befreit habe
und wie ich euch auf Adlersflügeln getragen habe.
Werdet ihr nun meiner Stimme gehorchen
und meinen Bund halten,
so sollt ihr mein Eigentum sein vor allen Völkern;
denn die ganze Erde ist mein.
Und dann führte ER sie durch
Durst und Hunger,
Krankheit und Überfälle,
durch die Wüste bis zum Jordan –
obwohl sie auf dem langen Weg
murrten und jammerten
und Mose mit Steinen bewarfen.
Aber was ER sich vornimmt, das führt er aus:
SEIN geheiligtes Volk aus ihnen zu machen!«

»Aber warum hat ER den Bund nur mit denen gemacht, die von Ägypten nach Kanaan kamen? Warum nicht auf einem Berg des Gebirges Ephraim? War ER nicht bei denen, die in Kanaan geblieben waren?« fragte der Wollhändler.

»ER ist auf dem Berg in der Wüste und ER ist auf dem Gebirge Ephraim – aber ER spricht nicht zu uns, wann und wo wir es von IHM erwarten.«

»Und wie ging es weiter? Was hat Sichem damit zu tun?«

»Als er das Gewusel hier sah, rief Josua sie alle nach Sichem – denn er und seine Familie wohnten in der Stadt, die Bürger Sichems hatten ihn zu ihrem Schutzherrn gemacht, aber so genau weiß ich das nicht! –,

und alle Stämme kamen:
Simeon und Juda,
Ruben und Gad,
Ephraim und Benjamin,
Ascher, Dan und Naftali,
Issaschar und unser Stamm Manasse,
alle kamen sie nach Sichem.
Und Josua sprach:
So spricht der HERR:
Eure Väter wohnten vorzeiten
jenseits des Euphratstromes
und dienten anderen Göttern.
Da nahm ich euren Vater Abraham
und brachte ihn in dieses Land
und gab ihm und Sara – der unfruchtbaren –
den Sohn Isaak,
und ich mehrte seine Familie,
wie ich ihm versprochen hatte!
Jakob aber – Abrahams Nachkomme –
zog mit seiner Familie nach Ägypten,
und durch meinen Knecht Mose
führte ich sie zurück.

Nun habe ich euch hier ein Land gegeben,
um das ihr euch nicht bemüht habt,
und Städte, die ihr nicht gebaut habt,
um darin zu wohnen,
und ihr eßt von Weinbergen und Ölbäumen,
die ihr nicht gepflanzt habt!
Und dann fuhr Josua fort:
So fürchtet nun den HERRN und dient ihm treulich
und laßt fahren alle Götterbilder,
von denen ihr Hilfe erwartet habt.
Denn ihr müßt euch heute entscheiden
zwischen IHM und ihnen!
Ich aber und mein Haus
wollen dem HERRN dienen,
der uns aus Ägypten hierher gebracht hat!
Da riefen alle:
Wir wollen dem HERRN, unserem Gott, dienen
und SEINER Stimme gehorchen!
Da wälzte Josua einen großen Stein herbei
und richtete ihn auf unter der Terebinthe
auf dem Hof des kanaanäischen Heiligtums
und sprach zu ihnen allen:
Seht – dieser Stein soll Zeuge sein unter uns,
denn er hat alle Worte des HERRN gehört,
und er soll Zeuge sein,
daß wir unseren Gott nicht verleugnen!
Und dann verließen die Stämme Sichem,
ein jeder kehrte zurück auf das Weideland,
das er erworben hatte.
Und ein jeder freute sich auf die Zeit der Ruhe,
die ER ihnen gegeben hatte,
nach der Zeit der langen Wanderungen.

Josua aber starb alt und hochbetagt,
und man begrub ihn zwischen Sichem und Jerusalem
am Westrand des Gebirges Ephraim
in Timnat-Serach.

– Aber es gab keine Zeit der Ruhe, denn es kamen die Midianiter…«

»Ach ja, die Midianiter!« sagte der Wollhändler.

»Du kennst sie? – Woher kennst du die Midianiter? Du bist doch in Aschdod geboren!«

»Ja, ich bin in Aschdod geboren, und in Aschdod ist das Grab meines Vaters.«

Da vergaß Jotam seine Frage und sagte: »Nimmst du mich mit, wenn du nach Aschdod reist?«

»Ich will nicht nach Aschdod zurück – und was willst du als Israelit in den Städten der Philister? – Komm, auch wir wollen an den Ort zurückkehren, an dem Er uns Ruhe gegeben hat vor unseren Feinden.« Und dabei erhob sich der Wollhändler und begann den Abstieg nach Sichem. Jotam aber war stehengeblieben und sah noch immer auf die Stadt, und erst als ihn der Wollhändler rief, folgte er ihm.

In der Herberge

Die Herberge – zur rechten Hand hinter dem Osttor Sichems – war ein im hinteren Teil zweistöckiges Vierraumhaus um einen großen Innenhof. Eine steinerne Treppe führte von einem der Räume auf das Dach, auf einer weiteren Treppe konnte man dann von dort auf die oberste Dachterrasse kommen.

Jotam und der Wollhändler, der dem Wirt der Herberge bekannt und sogar mit ihm befreundet war, wurden von ihm über den Hof – von Menschen und Tieren überfüllt – in einen schmalen Raum auf der ersten Terrasse geführt. Eine Decke verschloß den Eingang. Der Wollhändler bat den Wirt, ihnen das Essen in die Kammer zu bringen, denn er wollte nicht, daß Jotam sich längere Zeit auf dem Hof sehen ließ.

Als es aber kühl und dunkel geworden war, zog der Wollhändler das Schlafpolster aus dem engen Raum eng an die niedrige Brüstung der Terrasse heran. So sahen sie auf den Hof hinunter, sahen die Gruppe der Männer, die, nachdem sie den Hof betreten hatte, laut begrüßt wurde. Die Männer setzten sich zu den anderen auf die Erde, aßen und tranken, sangen und fluchten. Sie fluchten Abimelech, und Gaal, ihr Anführer, sagte:

»Wer ist denn schon Abimelech? Wer ist dieser Halb-Sichemit? Er ist und bleibt doch der Sohn Jerubbaals aus Ofra, er bleibt einer vom Stamm Manasse! – Verflucht sei er! Warum sollen wir ihm dienen und gehorchen?«

»Ja – warum?« schrien die Männer.

Und die Brüder Gaals, die er unauffällig unter ihnen auf dem Hof verteilt hatte, schrien am lautesten: »Warum Abimelech –warum gerade er?« Und dann liefen sie wieder, liefen und holten neuen Wein, schenkten allen ein, klopften den Männern im Hof auf die Schultern und lachten sie an.

»Und dann ist er fortgezogen, will sich in Aruma – diesem Nest! – ein Haus bauen, und wir in Sichem sind wie der letzte Dreck!« rief Gaal, stand auf und spuckte aus. Da riefen sie alle: »Verflucht sei Abimelech!«

»Und verflucht sei Sebul, der sich zu seinem Stellvertreter machen ließ!« schrie Gaal mit hochrotem Gesicht.

Da schrien sie wieder alle: »Verflucht sei Sebul!«

»Laßt uns einem Sichemiten dienen, einem richtigen Sohn dieser Stadt! Was haben wir mit den Stämmen der Wandervölker zu tun, die auf dem Land leben, und die du heute nicht mehr dort findest, wo sie gestern noch ihre Herden weideten! Warum sollen sie jetzt über uns herrschen?«

Und die Brüder Gaals holten wieder neuen Wein – der Wirt der Herberge aber freute sich! –, gossen ihn in die Becher der Männer, die sie ihnen schon entgegenhielten, oder gleich in den Mund, klopften ihnen wieder auf die Schultern und lachten sie an.

Und dann schrie Gaal, schrie es über ihre Köpfe und in ihre trunknen Hirne: »Wollte Gott, *ich* hätte etwas in Sichem zu sagen, ich würde Abimelech sagen: Such dir ein großes Heer und zieh in den Kampf! – und dann würde ich ihn vertreiben!«

Aber dann sank er zusammen, fiel auf den Boden und erbrach sich. Und seine Brüder und alle, die auf dem Hof saßen, fielen zur Seite, schliefen und schnarchten laut.

In eben diesem Augenblick verschwand die Wolke, die den Mond verdeckt hatte, wie ein Tuch verschwindet, wenn man es fallen läßt, und das Gesicht Jotams, der sich neugierig weit über die Terrassenmauer gebeugt hatte – denn er und der Wollhändler hatten alles gesehen und gehört, was Gaal mit seinem großen Maul gesagt hatte –, wurde hell beleuchtet, als scheine die Sonne auf es.

Der Mann aus Sichem, der sich den ganzen Abend lang fern vom Feuer in den Schatten der Wand gedrückt hatte und der jetzt den Hof verlassen wollte, weil er genug gesehen und gehört hatte, sah Jotam, pfiff erstaunt durch die Zähne, blieb stehen – und schlich dann wieder zurück, suchte einen Platz in der Nähe der Esel, versteckte sich zwischen ihnen und schlief ein. Schlief unruhig und wachte immer wieder auf, bis der Wirt der Herberge am Morgen das Tor aufschloß.

Noch ehe die schlaftrunkenen Männer aufwachten, verließ der Wollhändler mit Jotam die Herberge. Da stand auch der Mann aus Sichem auf und fragte den Wirt: »Ich kenne diesen Mann, ich habe in Schilo mit ihm zu tun gehabt, er hat mir seinen Esel verkauft – aber ich habe seinen Namen vergessen, weißt du, wie er heißt?«

»Er ist nicht aus Schilo, und er verkauft Wolle und keine Esel!«

»Er ist nicht aus Schilo?« fragte erstaunt der Mann aus Sichem.

»Nein, er ist nicht aus Schilo, ich weiß es genau, er ist aus Beer!«

»Ach, dann habe ich ihn verwechselt«, meinte der Mann aus Sichem und wußte nun, wo er Jotam finden würde, und ging in die Stadt hinein zum Hause Sebuls, den Abimelech zu seinem Vertreter gemacht hatte und der ihn erwartete.

Als aber Sebul, der Stadthauptmann,
die Worte Gaals hörte und alles,
was ihm der Mann aus Sichem berichtet hatte,
entbrannte sein Zorn,
er entsandte den Mann mit einer heimlichen Botschaft
zu Abimelech und ließ ihm sagen:
Siehe – Gaal und seine Brüder
sind nach Sichem gekommen
und machen einen Aufruhr gegen dich in der Stadt!
So mache dich nun heimlich in der Nacht auf,
du und das gesamte Volk deines Stammes,

das bei dir ist,
und lege einen Hinterhalt auf freiem Feld.
Und wenn Gaal und alle, die auf seiner Seite sind,
dir entgegenziehen,
dann verfahre mit ihnen, wie du willst.
Denn Sebul würde mit seinen Leuten nicht eingreifen!
Da verließ der Mann aus Sichem die Stadt durch das
Osttor
und erreichte, noch ehe es Nacht wurde, Aruma.

Im Brunnen

Am Morgen des Tages, nachdem der Mann aus Sichem in Aruma eingetroffen war und Abimelech die Botschaft Sebuls überbracht hatte, verließ der Wollhändler Beer, wollte jedoch am Abend wieder zurück sein. Die Frau des Wollhändlers aber war gegen Mittag zu einer Frau gerufen worden, die schon seit dem vergangenen Tag in den Wehen lag und nicht gebären konnte. So war Jotam allein im Haus, denn der Wollhändler und seine Frau hatten keine Kinder.

Trocken und staubig war die Straße, und die Sonne stand heiß am Himmel. Still war es auf allen Höfen, Menschen und Tiere lagen im schmalen Schatten der Mauern und Häuser und schliefen, als Abigail endlich Beer erreicht hatte.

Warum sie an diesem Tag – ausgerechnet an ihm! – von ihren Eltern aus Tebez fortgeschickt worden war, um mit einer kleinen Gruppe von Wanderarbeitern zu Jotam zu kommen, wußte sie nicht und konnte es auch später nie mehr erfahren. Als sie sich nun von den Männern und Frauen getrennt hatte, um allein zu dem Haus des Wollhändlers zu gehen – sah sie den Mann aus Sichem! Der Mann aber erkannte sie nicht, denn es waren drei Jahre vergangen, seit sie ihm damals in der Nacht gesagt hatte: »Wir müssen den Krug zerschlagen!«, und aus dem kleinen Mädchen war eine junge Frau geworden.

Abigail erschrak, als sie den Mann sah. Was wollte er hier in Beer? Wußte er, daß Jotam jetzt hier lebte? Suchte er ihn und wollte ihn zu Abimelech bringen? Wer würde Jotam helfen? Die Straße war leer, und die Häuser sahen aus, als schliefen sie. Niemand würde ihm helfen, selbst wenn er laut um Hilfe schrie!

Da dachte Abigail: Langsam – ganz langsam gehen! – Nicht laufen! Und sie ging ruhig und langsam, ja fast müde und mit schleppendem Schritt an dem Mann aus Sichem vorbei und zitterte vor Angst. Und voller Angst betrat sie auch den Hof des Wollhändlers und fand Jotam schlafend im Haus.

»Jotam – wach auf! Der Mann aus Sichem – der blinde Bettler! – ist hier, versteck dich!«

Da wachte Jotam auf, aber er fragte sie nicht: »Wo kommst du her?« oder »Was willst du?«, denn als Abigail gesagt hatte: »Der Mann aus Sichem ist hier!«, da wußte er, daß dieser ihn die ganze Zeit gesucht und nun gefunden hatte. Er erhob sich, faßte Abigails Hand und sagte: »Komm, diesmal verstecken wir uns beide!«

Nun gab es in Beer einen Brunnen, der nicht außerhalb des Ortes und seiner Mauer lag, den hatten die Männer Beers in jahrelanger Arbeit und mit schmerzendem Rükken tief in den Stein des Berges geschlagen: 30 Meter tief war der quadratische Schacht, der einen Durchmesser von acht Metern hatte. An der Innenwand führten 130 Stufen zum Wasserspiegel des Grundwassers hinab. Eine jede Stufe war drei Meter breit und 23 Zentimeter hoch.

Auf dieser Treppe stiegen Jotam und Abigail in den Brunnen hinab. Keine der Frauen holte in der Mittagszeit Wasser. Und obwohl Abigail in Ofra und dann in Tebez schon oft Wasser aus dem Brunnen geholt und sich längst an die Feuchte und Dunkelheit gewöhnt hatte, in die sie hinuntersteigen mußte, Tag für Tag, bis sie einmal als alte Frau auf den nassen Stufen ausrutschen und hilflos liegenbleiben würde – heute fror sie doch vor Angst. Ihre Fingerspitzen tasteten über den Putz der Wand, und sie spürte nicht, daß sie bluteten. Sie sah nur auf den Rücken Jotams und auf seinen Nacken. Und obwohl er – und das nicht nur, weil er die Treppe vor ihr hinabstieg! – kleiner war als sie, so meinte sie doch, daß sie in seinem Rücken geborgen und sicher war.

Immer weiter stiegen sie die Treppe in die Dunkelheit hinein, bis sie den Grundwasserspiegel erreicht hatten. Schwarz und bewegungslos lag das Wasser vor ihnen. Da drehte Jotam sich um, hob seinen Kopf und sagte in Abigails Gesicht, das er nur als einen hellen Fleck über sich sah: »Komm – gib mir deine Hand, wir gehen jetzt in den Tunnel, da findet uns niemand.«

Und dann führte er Abigail auf dem breiten ausgehauenen Umgang um das Wasserbecken zu einer Öffnung im Fels – versteckt und kaum zu erkennen. Hier begann der leicht ansteigende Treppentunnel, so hoch, daß beide die gewölbte Decke über sich nicht mit den Händen greifen konnten. Rechts und links von den Stufen war eine Wasserrinne eingeschlagen, in der in der Regenzeit, wenn die unterirdische Quelle viel Wasser gab, der Grundwasserbrunnen seinen Wasserspiegel so weit hob, daß die Frauen nun nicht mehr alle 130 Stufen hinuntersteigen mußten. Jetzt aber, am Ende der Trockenzeit, lief nur sehr wenig Wasser in der einen Rinne, aber auch das reichte aus, um den Brunnenschacht immer wieder mit neuem Wasser zu versorgen. Wenn es auch mühsam war, täglich bis zum Wasser hinunterzusteigen, so war das Wasser Beers doch frisch und klar und nicht mehr modrig und trüb wie das Wasser in den Zisternen, deren Grundwasserspiegel sich nur in der Regenzeit hob.

Vorsichtig tasteten sich Jotam und Abigail von Stufe zu Stufe. In Kopfhöhe leuchteten die Öllampen in kleinen ausgehauenen Nischen. Endlich erreichten sie die Quelle.

Der Raum um die Quelle war verbreitert und die Quelle ausgehauen und eingefaßt. So lief das Wasser in ein tiefer liegendes Becken, auf dessen breiten Rand sich die Frauen zum Ausruhen setzen konnten. Hier setzten sich auch Abigail und Jotam, sprachen nicht miteinander, schwiegen, bis dann Abigail fragte: »Wie lange müssen wir hier bleiben? Die ganze Nacht? Es ist kalt…« Und wieder saßen sie und warteten, schwiegen und froren – froren vor Angst.

Jotam hörte als erster die Schritte. Er hob den Kopf und versuchte zu erkennen, wer durch den Tunnel zur Quelle kam. Dann sah es auch Abigail: Jedesmal, wenn eines der Öllichter dunkel wurde, wußten sie: Dort ist jetzt jemand – und jetzt ist er an der nächsten Lampe – und nun ist nur noch eine Lampe zwischen ihm und uns!

Und dann war es eine Frau, die mit ihrem Krug auf dem Kopf vor ihnen stand und sagte: »Also hier hast du dich versteckt! Der Wollhändler sucht dich!«

»Und der Mann? Der fremde Mann aus Sichem?« fragte Jotam.

»Ach der – der hat in jedem Haus nach dir gefragt, aber alle haben gesagt, sie kennen dich nicht!«

»Ist er wieder fort?« fragte Abigail.

»Ich weiß es nicht – bleibt hier und wartet, ich will mich umsehen, wenn ich wieder oben bin, und dann gebe ich euch Bescheid!« sagte die Frau, hielt ihren Krug unter die Quelle und ließ ihn vollaufen.

»Und wie willst du uns Nachricht geben?« fragte Jotam. »Du kannst doch nicht noch einmal herunterkommen.«

»Ihr müßt durch den Tunnel bis zum Grundwasserbekken gehen, wartet dort. Und wenn ihr eine Taube gurren hört, dann könnt ihr kommen!«

»Aber es könnte doch eine richtige Taube sein!«

»Keine wirkliche Taube würde in einen Brunnen fliegen und dort gurren!« lachte die Frau, deren Krug nun vollgelaufen war. Abigail half ihr, ihn auf das Kopfpolster zu heben, und dann folgten sie ihr. Am Ende des Tunnels sagte die Frau: »Ihr müßt Geduld haben, denn ich werde Zeit brauchen, bis ich weiß, ob der Mann wirklich Beer verlassen hat.« Dann stieg sie langsam und mühsam die 130 Stufen hinauf.

Und da geschah es, daß Abigail, die sich gebückt hatte, um ihr auf der Treppe nachzusehen, beim Aufrichten mit dem Kopf an den Balken des niedrigen Eingangs zum Tunnel stieß. Sie sagte nur: »Oh!«, und dann fiel sie auf die Knie, hob beide Hände und legte sie auf ihren Hinterkopf, als könnte sie ihn nun, da es zu spät war, noch schützen.

»Abigail – was hast du?« rief Jotam, denn er hatte in der Dunkelheit nicht sehen können, warum Abigail so verwundert und erstaunt »Oh!« gerufen hatte und jetzt auf der Erde vor ihm lag.

»Bind mir die Kappe ab – bitte!«

Da suchte Jotam im Dunkeln das Gesicht Abigails, verwirrt und ratlos suchte er es, und als er endlich das Kinn fühlte und die Lederriemen spürte, konnten seine Finger den Knoten nicht aufziehen, denn er fürchtete, ihn nur noch fester zuzuziehen, und Abigail müsse dann unter seinen Händen ersticken, denn sehen – sehen konnte er ja nichts.

Doch dann – endlich gaben die zwei Riemen nach, und das Mädchen schob sich selbst die Lederkappe vom Kopf, löste dann die Bänder der kupfernen Scheibe und fragte: »Blutet es?« Vorsichtig und zaghaft tasteten Jotams Finger, aber es war nur das Haar, das trockene und lockere Haar Abigails, das er fühlte.

»Es blutet nicht – es ist nichts geschehen!« sagte er leise.

»Aber es hat weh getan! – Puste, Jotam! Meine Mutter pustet immer darauf, wenn ich mich stoße – bitte, Jotam!«

Da blies Jotam auf das Haar, immer und immer wieder, bis Abigail nicht mehr weinte.

»Gu-ruu-ru!« und noch einmal »Gu-ruu-ru!«

»Wir können kommen!« rief Jotam, half Abigail beim Aufstehen, suchte mit ihr im Dunkeln nach der kupfernen Scheibe und der Lederkappe, die auf den Boden gefallen waren, und dann stiegen sie die Treppe hinauf. Mit jeder Stufe wurde das helle Viereck über ihnen größer und größer, bis sie den Brunnenrand erreicht hatten, an dem der Wollhändler sie erwartete.

»Morgen – und sicherlich in den nächsten Tagen – werdet ihr das Haus nicht verlassen! Auch Abigail darf nicht nach Tebez zurück!»

Und dann gingen sie in das Haus, in dem die Frau des Wollhändlers sie mit heißer Milch und Honig erwartete.

Doch ehe Abigail sich neben sie auf das Lager legte, bürstete sie ihr das Haar und band ihr behutsam die kupferne Scheibe darauf fest.

Was gibst du mir

Der Mann aus Sichem hatte Beer auf der Suche nach Aruma verlassen und sang vor sich hin:

»Was gibst du mir,
wenn ich dir ver-ra-te,
wo du Jo-tam fin-dest?«

Er sang es vor sich hin, mal kurz, mal lang die Silbe und »wo du Jo-tam fin-dest« hart und auf einem Ton, als schlüge er mit einem Stock gleichmäßig an eine Mauer.

»Was gibst du mir,
wenn ich dir ver-ra-te,
wo du Jo-tam fin-dest!«

Und er würde Jotam finden, denn Jotam war in Beer, auch wenn alle, die er gefragt hatte, gesagt hatten: »Ich kenne ihn nicht!« Und fände er ihn morgen nicht, dann am Tag danach – und Abimelech würde ihn bezahlen – in Silberstücken! –, denn nichts konnte ihm ungelegener sein, als daß noch ein Sohn Gideons lebte, der in dem Augenblick auftauchte, in dem Sichem ihn – Abimelech – loswerden wollte! Ja – er würde zahlen.

Und wenn Abimelech nicht mehr zahlen konnte, weil Gaal ihn »Pfff!« – und dabei fuhr er sich mit der flachen

Hand kurz über den Hals, als wollte er sich die Kehle durchschneiden, und lachte – nun, dann würde Jotam zahlen, denn schließlich hatte er ihn aus dem Krug befreit, damals in der Nacht, als der Mond sein Licht verlor!

So oder so – einer würde zahlen! So dachte der Mann aus Sichem, während Abigail und Jotam die 130 Stufen des Brunnens hochstiegen.

Gaal und Abimelech

Bis zu dem Abend des Tages, an dem der Mann aus Sichem Jotam in Beer gesucht hatte, waren die Männer Israels, die dem Ruf Abimelechs gefolgt waren, in Aruma eingetroffen. Und noch vor der Mitte der Nacht machte sich Abimelech mit ihnen auf, um vor dem Aufgang der Sonne den Männern Gaals einen Hinterhalt zu legen; darum teilte er das Volk in vier Haufen: Der eine Haufe versteckte sich auf der Nordseite des Garizim, westlich der Stadt Sichem, der zweite lag ihnen gegenüber auf dem Süd-Abhang des Ebal, ebenfalls in der Nähe des großen Nordwesttores, der dritte Haufe aber auf dem nördlichen Vorberg des Garizim, also südlich des Osttores, und der letzte Haufe rechts und links des Weges, der von der Zaubereiche zum Osttor Sichems führt.

Als die Sonne aufging
und die vier Haufen der Männer
sich der Stadt näherten,
stand Gaal auf dem Turm des Westtores
und sagte zu Sebul:

Sieh – da kommt Kriegsvolk
von den Höhen des Ebal herab!
Sebul aber wollte ihn in die Irre führen und sagte:
Du siehst die Schatten für Leute an!
Aber Gaal sagte:
Siehe doch, auch vom Nabel der Erde – vom Garizim –
kommt Kriegsvolk herab!
Und dann wandte er sich nach Osten,
sah über die Stadt und sagte:
Und ein Heerhaufe kommt daher
auf dem Weg von der Zaubereiche!
Da sagte Sebul zu ihm:
Wo ist nun dein großes Maul, das da sagte:
Wer ist dieser Abimelech, daß wir ihm dienen sollten?
Da kommt jetzt das Kriegsvolk, das du verachtet hast!
Zieh hin und kämpfe mit ihm!
Da zog Gaal heraus aus dem Stadttor
mit seinen Brüdern
und dem Volk, das sich ihm angeschlossen hatte,
und kämpfte mit Abimelech.
Aber Gaal floh,
und viele lagen erschlagen auf den Feldern
bis vor die Tore der Stadt.

Auf dem Weg nach Tebez

Abigail, die in der Nacht nach ihrer Flucht in den Brunnen aufgestanden und auf den Hof gegangen war, hatte die Männer Abimelechs gehört, die zwar schweigend, aber eben doch nicht lautlos als verschwommene Schatten auf der Straße nach Norden unterwegs waren. Abigail wußte nicht, wohin die vielen Männer – bedrohlich in ihrer fast völligen Lautlosigkeit – gingen. Denn Tebez lag auch im Norden von Beer, und in Tebez waren der Vater und die Mutter! Und so kam es, daß sie kurz vor dem Aufgang der Sonne – als Gaal auf dem Torturm die Männer Abimelechs auf die Stadt Sichem zukommen sah – Jotam weckte und ihm sagte: »Ich gehe nach Haus – kommst du mit?«

Obwohl der Wollhändler es ihnen verboten hatte, das Haus zu verlassen, stand Jotam auf. Er war jetzt 16 Jahre alt und damit ein erwachsener Mann, und Abigail war 18 Jahre und hätte seine Frau sein können. War es dann nicht richtiger, sie zu begleiten, als sich in Beer zu verstecken? So weckte Jotam den Wollhändler, sagte es ihm und verließ mit Abigail Beer.

Der Weg vor ihnen war von den Füßen der Männer und den Hufen der Esel zertreten, so daß sie nur langsam gehen konnten. Und als sie an die Stelle kamen, an der der Weg nach Sichem zur linken Hand abbiegt, und an den Spuren sahen, daß die Männer dorthin gegangen waren und nicht weiter nach Norden, sagte Jotam: »Jetzt können wir uns ausruhen, deinen Eltern wird nichts geschehen!«

So suchten sie sich den Schatten eines Ölbaumes, legten sich nebeneinander und schliefen ein, tief und fest schliefen sie, denn sie waren den halben Tag auf dem zertretenen und unebenen Weg gelaufen, hielten sich umschlungen und schliefen so fest, daß sie die Männer Abimelechs nicht hörten, die am späten Nachmittag – nur einen Steinwurf weit! – von Sichem kommend nach Tebez hasteten. So fest schliefen sie, daß sie nichts hörten – und so kam es, daß alles vorüber war, als sie am Abend Tebez erreichten.

Feuer in Sichem

Als die Bürger Sichems sahen, daß Gaal floh und seine Männer – Wegelagerer und Raubgesindel – tot vor den Mauern der Stadt lagen, glaubten sie, daß alles vorüber sei und Abimelech wieder nach Aruma zurückkehren werde, und atmeten auf.

Aber Abimelech ließ das Westtor der Stadt von seinen Männern besetzen. Da erschraken die Bürger, und als zu gleicher Zeit der Haufe vom Garizim kam und auch das Osttor zerschlug, flohen sie in die Burg: Der Rat der Stadt floh und die herrschenden Familien mit ihren Verwandten, es flohen alle, die ein Amt in Sichem hatten. Sie flohen in die Tempelburg, flohen in das steinerne und gewölbte Haus auf dem Hof, das sicher war vor Spießen und Stangen.

Als Abimelech dies hörte,
ging er auf den Berg Zalmon,
er und sein ganzes Kriegsvolk,
und er nahm eine Axt
und hieb einen trocknen Ast vom Baum,
hob ihn auf, legte ihn auf seine Schulter und rief:
Was ihr mich tun seht,
das beeilt euch auch zu tun!
Da hieb jeder der Männer einen Ast ab
– groß und sperrig wie ein Baum,
dürr und trocken wie Zunder –,
nahm ihn auf die Schulter und folgte Abimelech.
Die Bürger Sichems, die auf der Mauer standen
oder auf ihrer Dachterrasse hockten,
glaubten, daß der Wald des Zalmon

sich mit seinen Wurzeln
aus dem Erdreich gelöst hatte,
den Berg herabstieg
und durch das Tor in die Stadt kam.
Sie zogen die Köpfe zwischen die Schultern
und duckten sich.
Aber der Wald das Zalmon
schob sich
– einem borstigen Wurm und einer stachligen Raupe gleich –
durch die engen Straßen und an ihren Häusern vorbei,
wand sich durch die Gassen zum doppeltürmigen Tor
des Tempels des Baal-Berit
und ließ sich nieder vor seiner Mauer.
Und dann war es zuerst nur eine kleine,
eine unscheinbare Flamme,
eine Flamme, die sich mühsam am Leben hielt,
eine Flamme,
die mit gewölbten Händen vor dem Sterben bewahrt werden mußte...,
bis es knisterte und knallte,
fauchte und zischte
rings um die Burg!
Das Feuer –
niemand konnte es mit den Augen verfolgen
oder hatte gesehen, wie es sich ausbreitete –
brannte und züngelte zur gleichen Zeit
rings um die Burg.
Ein Wall aus Feuer!
Denn das Holz lag locker, verstrüppt und luftig.
Und so kam es, daß der Feuersturm
die glühenden Zweige auseinanderriß

und sie über die Mauer drückte.
Sie setzten alles in Brand
und ließen alles verglühn, auf was sie fielen –
ehe sie selbst zur weißen Asche wurden.
So starben alle, die in der Burg Schutz gesucht hatten:
Männer, Frauen und Kinder.
Sichem, die Asylstadt für die,
die dort vor dem Zorn der Blutrache
Schutz gesucht hatten,
trägt nun ein Brandmal
bis auf diesen Tag.

Der Mahlstein

Als die Bürger von Tebez hörten, daß Gaal und seine Männer vor den Toren Sichems gegen Abimelech kämpften, empörten auch sie sich gegen ihn. Da machte sich Abimelech auf nach Tebez und eroberte es am gleichen Tag. Dabei wurden der Vater Abigails und der Mann aus Sichem erschlagen. Aber Jotam und Abigail schliefen noch immer im Schatten des Ölbaumes.

Es war aber eine starke Burg mitten in der Stadt,
dort hinein waren alle Männer und Frauen geflohen,
als Abimelech mit seinen Männern das Stadttor
aufgebrochen hatte.
Die Männer und Frauen aber
hatten hinter sich zugeschlossen
und waren auf das Dach der Burg gestiegen.
Da kam Abimelech mit seinen Männern zu der Burg

und trug einen Haufen Reisig auf seinen Schultern,
bückte sich am Burgtor
und wollte das Strauchwerk anzünden,
um das Tor zu verbrennen
– wie er den Tempel Sichems verbrannt hatte –,
aber eine Frau beugte sich aus der Fensteröffnung
des Burgturmes
und warf ihren Handmahlstein auf seinen Kopf
und zerschmetterte seinen Schädel.
Da schrie Abimelech und rief seinen Waffenträger
und sagte zu ihm:
Zieh dein Schwert und töte mich,
daß niemand von mir sagt:
Ein Weib hat ihn erschlagen.
Da durchstach ihn sein Waffenträger, und er starb.
Als das die Israeliten sahen,
die ihm gefolgt waren,
ging jeder heim in sein Haus.

Und da erst kamen Jotam und Abigail nach Tebez. Ihren Vater fand Abigail erschlagen auf der Straße, und ihre Mutter stand in der Fensteröffnung des Turmes. Aber sie erkannte Abigail nicht und fragte sie:

»Hast du meinen Mahlstein gesehen? Wo habe ich ihn hingetan? Womit soll ich nun das Mehl mahlen – er ist fort, und ich finde ihn nicht!« Einen anderen Satz sprach sie nicht mehr, denn ihr Geist blieb verwirrt.

Am nächsten Morgen begruben Abigail und Jotam den Vater, dann nahmen sie die Mutter an der Hand und kehrten mit ihr nach Ofra zurück.

Der HERR aber segnete Jotam, gab seinen Feldern und Weinbergen Tau und Regen, seinen Herden Fruchtbarkeit und seiner Frau Abigail starke und große Söhne.

Es gab Tage und Nächte, Wochen und Monate, in denen es still und ruhig in Jotam war. Aber wenn er an der Kelter vorüberging oder nur in die Nähe der Harod-Quelle kam, dann ballte er die Hände, schlug sich an die Brust und sagte:

»Wie lange, o HERR, soll ich hinter dir herlaufen? Wie lang noch soll ich darauf warten, daß du zu mir sprichst, wie du zu meinem Vater gesprochen hast? Bin ich vor deinen Augen denn geringer als er? Bin ich nur ein Wurm unter deinen Füßen, ein Nichts, das du verachtest? Bist du in unserer Zeit stumm geworden, die nicht mehr die Zeit meines Vaters ist?«

Zweiundvierzig Jahre war Jotam alt und Abigail zwei Jahre älter, als er zum ersten Mal mit ihr nach Schilo zog, um dort in SEINEM Heiligtum anzubeten und zu opfern.

Jotam und die Lade

Die Regentropfen

Schwer und nur in großen Abständen fielen sie auf die Erde und befeuchteten weder den Boden noch die staubigen Blätter. Fielen sie auf den Sand, so hoben sie eine winzige Staubwolke auf und blieben dann wie eine gläserne Kugel liegen; fielen sie auf die matt herabhängenden Blätter, rollten sie – kaum eine Spur hinterlassend – zur Spitze des Blattes, blieben zögernd an ihr für eine kurze Zeit hängen und fielen dann schwerfällig hinunter in den Staub. So brachten sie weder der Luft Erfrischung, noch konnten sie den harten Boden der Felder aufweichen.

Und doch ... es regnete!

ER hatte ihre Bitten erhört, die sie in den vergangenen sieben Tagen vor ihn gebracht hatten, so, wie ER wohl auch ihren Dank gehört hatte!

Sieben Tag lang hatten die Männer Israels das Fest des Dankes für die Bewahrung der Ernte auf dem Feld und im Weinberg gefeiert. Und sieben Tage lang baten sie den HERRN um Regen. Denn nach der Zeit der sommerlichen Trockenheit, in der ER über ein halbes Jahr lang keinen Tropfen Wasser vom Himmel geschickt hatte, war an ein Bestellen der Felder und ein Grünwerden der Weideflächen nicht zu denken, wenn der Regen im Winterhalbjahr ausbleiben würde! Denn es waren nicht die Flüsse, die dem Land seine Fruchtbarkeit gaben, wie der Nil Ägypten und der Euphrat und Tigris dem Zweistromland, es war für sie einzig und allein der Regen.

Doch jetzt regnete es! Zwar noch immer ohne Wirkung und nur wie ein Spiel, aber es war ein Versprechen und eine Ankündigung.

Die Regentropfen fielen auf die Laubhütten, blieben auf ihren zerknickten und mit Staub bedeckten Blättern liegen und konnten sie – die nun verwelkt und unansehnlich waren – doch nicht wieder fest und glatt, frisch und grün machen. Sieben Tage hatten die Männer Israels mit ihren Familien in diesen Hütten gelebt: ein Lattengestell, so hoch, daß man darunter aufrecht stehen konnte, von außen mit Zweigen belegt und innen mit Teppichen und Decken gegen Staub und Sand abgedeckt.

In Laubhütten hatten die Väter ihrer Väter geschlafen, als sie auf dem langen Weg vom Nil zum Jordan unterwegs waren, nun kamen sie einmal im Jahr nach Schilo, bauten sich ein jeder seine Laubhütte, schliefen und aßen in ihr, die überquoll von den Eltern der Eltern und den vielen Kindern.

Laubhüttenfest:
ein Fest des Dankes für die Ernte
und eine Bitte um Regen.
Laubhüttenfest:
nicht Erinnerung, sondern Gegenwart.

Jahr für Jahr waren sie sieben Tage unterwegs zu dem Land, das Er ihnen versprochen hatte, und waren gleichzeitig doch schon angekommen und hatten geerntet, da, wo Milch und Honig fließt; so war beides gegenwärtig: das Unterwegssein und das schon Zuhausesein.

Niemand litt in den sieben Tagen der Laubhütten unter Unbequemlichkeit, Enge und dem Schmutz und tröstete sich mit dem Gedanken an das geräumte Haus, in das man in wenigen Tagen zurückkehren würde, denn dieses Haus gab es für sie noch nicht! Das Fest geschah an ihnen und mit ihnen, es wurde begangen mit allen Gliedern – doch Gedanken und Überlegungen hatten nur wenig Teil daran.

Jotam riß die Zweige von den Hütten und schichtete sie zu Haufen auf, die man abholen würde, um sie zerkleinert in die Schafhürden zu werfen. Die Schafe – genügsam und nicht so wählerisch wie die Ziegen – würden sie bis zum letzten Stielchen abfressen. Denn nicht alle Familien, die am Fest teilnahmen, hatten ihre Hütte auseinandergenommen und den Platz, auf dem sie stand, aufgeräumt. Aber immer fanden sich in Schilo Männer, die um des Gerüstes willen, das sie behalten konnten, diese Arbeit taten.

Jotam war nicht mit den Männern aus Ofra nach Hause zurückgekehrt. Er hatte in Schilo – in der Nähe des Heiligtums – ein Haus erworben. Und Abigail hatte nicht gefragt: »Warum gehen wir nicht zurück?« oder »Warum bleiben wir hier?« Sie ahnte, daß Jotam Schilo nicht verlassen konnte, ehe er gefunden hatte, wonach er sich sehnte, seit ihm sein Vater davon erzählt hatte: daß Er mit ihm sprach!

Doch Jotam wußte, wie alle in Israel, daß Er sich nur einzelne von ihnen auswählte und ihnen seinen Auftrag und Geist gab, wann und wo Er sie brauchte. Und niemand erwartete, daß er selbst von Ihm angeredet wurde! Es genügte, daß Er damals mit Mose gesprochen hatte – auf dem Berg in der Steppe – und mit Josua am Jordan. Jeder war in diese Anrede hineingenommen, und sein eigener Glaube war in den Glauben des Vaters und dessen Vaters eingebettet und nur in ihm lebensfähig.

Jotam aber, der durch seine körperliche Beschaffenheit aus der Gemeinschaft der anderen herausgenommen war, schien auch in seiner Beziehung zu Jahwe einen einsamen Weg zu gehen, auf dem ihm niemand der anderen Männer folgen mochte. So räumte er jetzt den Platz um das Heiligtum auf, fegte mit dem Strauchbesen die abgefallenen Blätter fort, hob auf, was fortgeworfen war, und band fest, was man abgerissen hatte..., denn er wollte sich nützlich machen, um bleiben zu können in der Nähe SEINES Heiligtums sein Leben lang. Doch von dem, was man um ihn herum sich an den Feuern erzählte, davon wußte er nichts.

Das Fleisch im Kessel

Heimlich und leise wurde davon gesprochen, denn es sollte nicht bekannt werden, aber jeder wußte davon.

Man sah sich über die Schulter,
ob auch niemand belauschte,
was man dem anderen erzählte,
doch wer wußte nicht,
was in Schilo geschah:

»Vielleicht schmeckt Pinhas das gekochte Fleisch nicht mehr?«

»Und Hofnis Frau zerkleinert lieber ihre Stücke, würzt sie, stopft sie in Därme und räuchert sie – dann schmeckt es Hofni besser!«

»Was kann man auch viel mit schon gekochtem Fleisch anfangen? Rohes Fleisch – das ist eine andere Sache!«

»Und Pinhas hat eine große Familie...«

»Und Hofni viele Verwandte...«

»Und beide Söhne Elis haben noch mehr Bekannte...«

»Und alle wollen Fleisch – immer Fleisch!«

»Aber beide wissen, daß das Opferfleisch etwas Hochheiliges ist!«

»Sie wissen es – denn sie sind Priester.«

»Priester und Söhne Elis, unseres Priesters seit der Zeit meines und deines Vaters!«

»Warum verbietet er es ihnen nicht?«

»Vielleicht weiß er es nicht?«

»Es müßte ihm einer sagen!«

»Was sollte man ihm sagen?«

»Daß Hofni und Pinhas sich ihren Anteil am Opfer des HERRN reißen – ehe IHM das Opfer gebracht wird!«

»Als seien sie und ihre Mägen wichtiger...«

»...und die Mägen ihrer Verwandten...«

»...und Bekannten...«

»...als der HERR!«

»Aber wer soll es ihm sagen?«

»Du.«

»Warum ich?«

So sprach man an den Feuern Israels, denn die Bosheit der Söhne Elis war groß – nur Jotam wußte davon nichts.

Eine Ziege hatte Jotam in den Tagen des Festes geopfert, aber er war nur einer unter den vielen gewesen, die sich mit ihren Tieren an den Schlachtbänken im Vorhof des Heiligtums drängten. Heute trug er ein Lamm in den Hof vor dem Haus Gottes. Nur wenige Männer warteten darauf, daß die Diener der Priester die Tiere begutachteten, ob sie als Opfertiere angenommen werden konnten. Aber Jotams Lamm war fehlerlos, denn es war weder auf einem Auge blind noch lahmte es, noch waren seine Klauen verwachsen.

Und dann ging Jotam zum Brandopferaltar, dessen Eisenrost rot über dem Feuer glühte. Vorsichtig trug er die breite Schale mit den Fleischstücken, gelblich leuchtete und glänzte das Fett der Nieren. Würde ER, der auf dem Kasten aus Akazienholz thronte, den die Cheruben mit ihren Flügeln umfaßten, auf sein Opfer achten? Würde Er den Geruch des verbrannten Fettes riechen? Hatte Er sich überhaupt heute im Allerheiligsten seines Hauses niedergelassen zu einer kurzen Ruhe? Oder würden die Decken – siebenfach übereinandergenäht –, hinter denen Er thronte, den Rauch nicht bis zu ihm gelangen lassen?

Es war ja nicht viel Fett, das auf der Schale lag; denn ein vier Monate altes Lamm, woher sollte es schon viel Fett ansetzen? – Aber Er würde auch mit einer geringen Gabe zufrieden sein!

Doch noch ehe das Fett in Rauch aufgehen konnte, kam der Diener des Priesters Hofni und sprach zu Jotam: »Gib mir von deinem Fleisch« – das doch noch auf der Schale lag –, »denn der Priester Hofni will nicht gekochtes, sondern rohes Fleisch zum Braten haben!«

Da sagte Jotam erschrocken und empört: »Laß mich doch erst das Fett in Rauch aufgehen lassen und nimm dir dann, wenn ich geopfert habe, was du willst!«

Aber der Diener sprach: »Du sollst es mir jetzt geben – das Opfer für den Herrn hat Zeit – Hofni aber wartet auf den Braten! Wenn nicht, so nehme ich es mir mit Gewalt!«

Da mußte es Jotam geschehen lassen, und er ging mit der Schale, auf der nur noch wenige Stücke lagen, zu dem kupfernen Kessel, in dem das Wasser kochte, und warf sie hinein; er würde nicht mit leeren Händen vor Ihm stehen.

Da kam der Diener des Priesters Pinhas
und hatte eine Gabel mit drei Zinken in der Hand,
stieß sie in den Kessel,
und alles, was er damit aufspießen konnte,
das nahm er mit nach Hause.

Jotam aber blieb zurück. Da trat Samuel zu ihm, tröstete ihn und sagte: »Komm, ich bringe dich zu Eli, ich denke, daß wir dir jetzt erzählen müssen, was geschehen ist – denn du bist der Sohn Gideons, der ein Richter war in Israel.«

Der Ruf in der Nacht

»Wir müssen es ihm sagen«, sagte Samuel zu Eli. Eli aber saß vor seinem Haus.

»Warum müssen wir es ihm sagen?« fragte Eli.

»Einer muß es wissen.«

»Ich weiß es und du weißt es – das ist genug!« sagte Eli abweisend.

»Aber du bist alt und wirst bald sterben…«

»Und wem sollten wir es sagen?« fragte der alte Mann und wendete den Kopf zu Samuel, der größer, aber jünger als Jotam war und vor ihm stand.

»Jotam aus Ofra, Gideons Sohn!«

»Gideons Sohn – das ist Gideons Sohn? Der Übriggebliebene! Friede sei mit dir!«

»Friede sei mit dir!« antwortete Jotam.

»Setz dich«, sagte der Priester, »dann kann dir Samuel erzählen, was vor fünfzehn Jahren geschah – ja, damals, als Samuel siebzehn Jahre alt war.«

Da setzte sich Jotam auf die Erde vor Eli, Samuel aber neben ihn und sagte:

»Es war noch Nacht,
die Lampe im Heiligtum war noch nicht erloschen.
Eli lag und schlief in seiner Kammer,
seine Augen hatten angefangen, schwach zu werden,

so daß er das Verlöschen der Lampe
nicht hätte sehen können.
So schlief ich für ihn vor dem Vorhang
zum Allerheiligsten,
hinter dem Vorhang aber stand Jahwes Thron,
die Lade,
auf der er sich niederließ, wenn er in Schilo war.
Und der HERR rief mich: Samuel!
Ich aber glaubte, es sei Eli, der mich rief,
stand auf, lief zu ihm und sagte:
Siehe, hier bin ich! Du hast mich gerufen.
Da sagte Eli: Ich habe dich nicht gerufen,
geh wieder hin und lege dich schlafen.
Da rief mich der HERR abermals: Samuel!
Und wieder stand ich auf, ging zu Eli und sagte:
Siehe, hier bin ich! – Du hast mich gerufen.
Aber Eli sagte: Ich habe dich nicht gerufen,
mein Sohn;
geh wieder hin und lege dich schlafen.
Da ging ich wieder hin.

Aber ich verstand mich nicht. Was hatte ich gehört? War es ein Ruf im Traum? Oder war es ein Mann, der vor dem Heiligtum stand und dessen Stimme ich durch die Wände aus Holz und Decken gehört hatte? Woran, Jotam, kannst du JAHWES Stimme von der der anderen unterscheiden? –

Und als ich mich gelegt hatte,
rief mich der HERR zum dritten Mal,
und ich stand auf
und ging zu Eli und sagte: Hier bin ich!«
»Da merkte ich«, unterbrach Eli Samuel
und fuhr selbst fort,
»daß der HERR es war, der den Knaben rief,

und sagte zu ihm:
Geh wieder hin und lege dich schlafen;
und wenn du gerufen wirst, so sprich:
Rede, HERR, denn dein Knecht hört.«
»Da ging ich zurück«, fuhr nun wieder Samuel fort,
»und legte mich. Da hörte ich:
Samuel! Samuel! und sagte:
Rede, denn dein Knecht hört.
Und der Herr sprach zu mir:
Siehe – ich werde etwas tun in Israel, wovon jedem,
der es hören wird, beide Ohren gellen werden!
An dem Tage werde ich über Eli und seine Familie
kommen lassen, was ich ihm angesagt habe,
um der Schuld willen,
daß er wußte, wie schändlich
sich seine Söhne verhielten
– und er es ihnen nicht gewehrt hat!
So sprach der HERR zu mir,
und ich lag noch bis zum Morgen.
Dann stand ich auf und öffnete die Tür
zum Hause des HERRN.
Aber ich fürchtete mich, es Eli zu sagen,
was mir offenbart worden war.«
An dieser Stelle unterbrach Eli Samuel erneut
und sagte:
»Ich rief: Samuel, mein Sohn!,
und du antwortetest mir…«, und dabei legte der Priester Eli Samuel die Hand auf die Schulter, und Samuel fiel ein: »Siehe, hier bin ich!«
Und wieder fuhr Eli fort und fragte:
»Was ist das für ein Wort,
das dir die Stimme gesagt hat?

Verschweige mir nichts. Gott tue dir dies und das,
wenn du mir etwas verschweigst von all den Worten,
die er dir in der Nacht gesagt hat!«
Und wieder antwortete ihm Samuel,
so wie er ihm damals geantwortet hatte:
»Siehe – so sprach der HERR zu mir:
Ich werde etwas tun in Israel, wovon jedem,
der es hören wird, beide Ohren gellen werden!
An dem Tage werde ich über Eli und seine Familie
kommen lassen, was ich ihm angesagt habe,
um der Schuld willen,
daß er wußte, wie schändlich
sich seine Söhne verhielten
– und er es ihnen nicht gewehrt hat!«
Und Eli antwortete ihm,
wie er ihm schon einmal geantwortet hatte:
»Es ist der HERR, der zu dir gesprochen hat
– und kein anderer!
ER tue, was ihm wohlgefällt!«

Dabei senkte Eli den Kopf, so wie er ihn damals gesenkt hatte, und legte seine Hände über seine Augen, denn was am Morgen jenes Tages geschehen war, war nicht Vergangenheit geworden, war und blieb immer Gegenwart.

»Und von diesem Tage an erkannte ganz Israel
von Dan bis Beerscheba,
daß der HERR mit ihm war und daß er
– mein Sohn Samuel –
damit betraut war, JAHWES Prophet zu sein
und Richter in Schilo sein Leben lang!« schloß Eli.

Doch in dieser Stunde beschlossen die fünf Fürsten der Philisterstädte Gaza, Aschkelon, Aschdod, Ekron und

Gat, Israel zu vernichten. So kam es, daß Samuel nicht in Schilo blieb sein Leben lang und daß auch Jotam und Abigail die Stadt verließen.

Die Federkronen-Männer

Der Bund der fünf Fürsten der Philisterstädte Gaza, Aschkelon, Aschdod, Ekron und Gat hatte das Oberkommando angewiesen, die vereinigten Streitkräfte in Richtung Afek in Bewegung zu setzen. Nur hier bestand die einzige Möglichkeit, ein geeignetes Gelände für den Einsatz der Pferdewagen zu finden. Denn sie – durchaus nicht sehr zahlreich – waren in unebenem Gelände eher ein Hindernis als eine wirksame Waffe, aber in der Ebene überrannten sie ihre Gegner.

Drei Männer standen jeweils auf dem Streitwagen: Einer lenkte das Gespann, der zweite warf den Speer, und der dritte reichte dem Werfer den neuen Speer zu.

So war die Ebene Jesreel der gegebene Raum, und dorthin mußte man die Israeliten locken. Denn nur dort – am Nordrand des eigenen philistäischen Siedlungsgebietes – konnte die gegnerische Stelle gefunden werden, welche diesem Angriff einen Sinn gab: die Zertrennung des Gebirges Ephraim in west-östlicher Richtung! Der eingetriebene Keil aber sollte so breit sein, daß Schilo, das Heiligtum, das die Stämme wie eine Klammer vom Norden bis zum Süden verband, mit eingeschlossen und besetzt werden konnte. So würden die nördlichen Stämme von den südlichen getrennt sein, und das, was sie seit ihrer Einwanderung vor 150 Jahren zusammenhielt und aneinanderband – das Haus Gottes und seine Feste –, das würde seine Wirksamkeit verlieren.

Denn getan mußte etwas werden, wenn sich die Ausbreitung Israels vom Gebirge her auf das Gebiet der kanaanäischen Städte und in die Küstenebene des Philistermeeres fortsetzen würde.

Auf diesen Plan hatte sich der Bund der fünf Fürsten – einstimmig! – geeinigt und deshalb das Heer nach Norden auf der Küstenstraße in Bewegung gesetzt:

Nach den vorausschwärmenden Spähern kam die erste Gruppe der Krieger, die – nebeneinandergehend – einen Speer trugen. Die an der Außenseite gehenden Männer dagegen hielten einen Rundschild. In bestimmten Zeitabständen wechselten die Männer – auf einen nur der ersten Reihe gegebenen Befehl – ihre Plätze, so daß nun die Innengehenden nach außen rückten, an den Platz der Außengehenden traten und deren schwere Schilde übernahmen. Dieser Platzwechsel erfolgte während des Laufens und setzte sich nacheinander von Reihe zu Reihe fort. So erschien es dem, der diesen gepanzerten Wurm von einem Hügel, Turm oder Dach seines Hauses unter sich vorbeiziehen sah, als würge das schuppige Wesen, einer Schlange gleich, zuckend von Zeit zu Zeit an einem unverdaulichen Brocken, ohne ihn doch je herauswürgen zu können.

Die Haare der Männer standen wie Borsten zum Himmel, waren gleichmäßig lang und glatt geschnitten, durch ein Band über der Stirn zusammengehalten und durch einen Lehmbrei fest verklebt. In diesen noch feuchten Brei hatten sie mit einem Stift senkrechte Linien gezogen und sie mit schwarzer Farbe ausgefüllt. Das gab den topfförmigen Kronen das Aussehen breiter Federn, die zum Erstaunen aller, die die Philister zum erstenmal sahen, eben einer Krone gleich aufrecht und seltsam bewegungslos im Wind standen. Kopf an Kopf bildeten diese federlosen Federkronen den Rücken des gepanzerten Wurmes. Das lederartige Koller – Schulter an Schulter – glich der Haut des Reptils; den kurzen Schurz dagegen, mit dem die Männer bekleidet waren, konnte man von oben nicht sehen.

Nach der ersten Gruppe der Krieger kamen die Ochsenkarren mit ihren zwei Scheibenrädern. Auf dem Boden der Karren lagen die Schilde der Männer, die jeweils im Inneren der Reihen gingen, und die langen Stichschwerter. Auch um diese Karren schloß sich die gepanzerte Haut aus Schildträgern.

Und wieder folgte eine Gruppe der Krieger, die diesmal von den Ochsenkarren unterbrochen wurde, die mit Stangen und Pflöcken, Seilen und Leinwand bepackt waren. Drei Zelte fanden jeweils auf einem Karren Platz.

Und wieder kam die Gruppe der Männer mit ihren hochgebundenen Haaren und den rasierten Hinterköpfen.

Und wieder die Ochsen, die die Karren zogen, diesmal beladen mit Mehl, Wein und lebenden Schafen.

Fast am Ende – aber eben nicht ungeschützt ganz am Ende! – die Streitwagen mit den eisernen Speichenrädern, gezogen von Pferden aus ägyptischen Gestüten. In doppelter Reihe gingen die Männer mit den Schilden rechts und links neben ihnen.

Und nach den Streitwagen, am Zaumzeug geführt, die Ersatzpferde – für jedes Gespann ein Pferd! Denn obwohl das Oberkommando den Befehl ausgegeben hatte, daß die Gespanne sich niemals einem Nahkampf aussetzen durften, in dem sie jedem Dolch und jedem Messer hilflos ausgesetzt waren, kam es doch immer wieder vor, daß sie, die ja stets bei der Eröffnung des Angriffs eingesetzt waren (wenn noch eine weite und freie Fläche zwischen den Fußtruppen auf beiden Seiten bestand), doch nicht schnell genug zur Seite wenden und am Fußvolk vorbei zurückfahren konnten. So wurden immer wieder Pferde von den Speeren der Gegner getroffen. Oder ein Pferd stürzte auf dem unebenen Gelände und riß dabei das zweite Pferd im Gespann mit sich zu Boden. Dann verknäulten sich die wild schlagenden Beine im Geschirr und rissen den Wagen um, in den das folgende Gespann dann hineinfuhr. Und nur die kriegerische Ordnung und das Geschick dieser großen und schlanken Männer mit ihrem seltsamen Kopfputz ermöglichten es, daß die Streitwagen zum Schrecken für Israel wurden.

Die Lade in Afek

Am Abend des dritten Tages erreichten die Philister Afek.
Der Stamm Ephraim aber zog hinab aus dem Gebirge
und lagerte sich am Rande der Ebene Jesreel
bei Eben-Eser.
So lagen sie einander gegenüber.
Und der Kampf begann,
und Israel wurde geschlagen.
Und als die,
die vor den Philistern geflohen waren,
in das Lager zurückkamen,
sprachen die Ältesten des Stammes,
die die Verantwortung trugen:

»Warum hat der HERR zugelassen,
daß wir heute von den Philistern besiegt wurden?
Laßt uns SEINE Lade aus Schilo holen!
So werden wir nicht allein sein
im Kampf gegen die Philister,
es werden auch alle anderen Stämme
vom Norden bis zum Südland
mit uns ziehen.
Denn der, der über den Cheruben thront,
der wird uns voranziehen,
wie er auf dem Weg durch die Wüste
von Ägypten her bis in dies Land
vor uns hergezogen ist
und unsere Feinde zu Boden warf.
Denn der Schrecken des HERRN
ist gewaltig zu allen Zeiten.«
So sagten sie und machten sich auf
und erreichten müde und erschöpft
– denn der Weg auf die Höhe des Gebirges
im Dunkel der Nacht war beschwerlich –
am nächsten Morgen Schilo
und sagten zu Eli:
»Die Philister haben ihr Lager bei Afek in der Ebene,
und der Stamm Ephraim kann sie nicht aufhalten.
Sie werden die Berge erobern
und uns alle vernichten!
Gib uns die Lade des HERRN,
daß sie uns vorausziehe
und unsere Feinde erschrecke!«
Da sagte Eli: »Ich soll euch die Lade geben?
Ich soll euch Jahwes Thron geben?
Wie kann ich das? ER hat es mir nicht geboten.«

Doch Pinhas sagte: »Willst du ihn hinter dem Vorhang des Heiligtums verstecken? Soll er zu einem Ding werden, das keine Wirkung mehr hat?«

Da antwortete ihm Eli: »Jahwe wirkt, ob hinter dem Vorhang oder vor ihm, denn ER läßt sich weder verbergen noch einsperren – auch nicht in seinem Heiligtum! Aber *ihr* macht IHN zu einem Ding, das man nach eigenem Willen benutzen kann!«

Auch Hofni stellte sich auf die Seite der Männer Israels und sagte: »Wenn es den Philistern gelingt, in das Gebiet des Stammes Ephraim einzubrechen und sich dort einzunisten, dann ist auch JAHWE verloren! Gib ihnen die Lade, denn nur dann werden sie auch aus den anderen Stämmen kommen! Aber ohne daß ER sie anführt, werden sie in ihren Häusern bleiben und zusehen, wie Ephraim geschlagen wird!«

Und Pinhas drängte: »Es war die Lade, die die Mauern Jerichos einstürzen ließ und das Wasser des Jordans staute, so daß Israel trockenen Fußes das Land erreichte. Und so werden auch die Philister besiegt werden von der Schärfe unserer Schwerter – wenn ER uns vorauszieht!«

Aber Eli wehrte ihnen und sagte: »Jahwe ist nicht ein Pfeil, den du auf deinen Bogen legst und der von der Sehne abschnellt, wenn *du* es willst, und der das Ziel trifft, das *du* ihm gibst! Wie könnte ein Mensch darüber bestimmen, wann und wie Gott handelt? Bist *du* sein Herr, der ihm sagt: ›Tu dies!‹ oder ›Tu das!‹? Verfügst *du* über Jahwe, oder verfügt der HERR über Ephraim und unsere Zukunft?«

Und als Eli dies gesagt hatte, ging er in sein Haus. Als aber der Morgen kam, öffnete er das Tor des Heiligtums und zog den Vorhang zur Seite, hinter dem die Lade stand.

Da traten Hofni und Pinhas zwischen die beiden Stangen aus Akazienholz, die niemals aus den goldenen Ringen gezogen werden durften, die an den Seiten des Kastens befestigt waren. Alles Volk stand Kopf an Kopf und sah, was viele noch nie und nur wenige vor langer, langer Zeit zuletzt gesehen hatten: JAHWES Thron, auf dem ER Ruhe fand, wenn ER sich in Schilo niederließ:

Golden blitzte es in der Morgensonne, funkelte und blendete ihre Augen, so daß sie später nicht mehr genau erzählen konnten, was sie gesehen hatten: Waren es Gestalten, die mit ihren ausgebreiteten Flügeln schützend den Kasten bedeckten? Oder standen sie an den Ecken und umfingen die Truhe, bis ihre Flügelspitzen einander berührten? Oder schwebten sie über dem Deckel? Der eine sah es so und der andere anders – aber genau wußte es später keiner zu sagen. Und weder der eine noch der andere konnte sich überzeugen, ob er recht gesehen hatte, denn der *Über-den-Cheruben-Thronende* kam nicht mehr nach Schilo zurück.

So trugen Hofni und Pinhas die Lade des HERRN
aus Schilo
und vom Gebirge Ephraim
in das Lager Israels bei Eben-Eser.
Und als die Lade in das Lager kam,
jauchzte ganz Israel, so daß die Erde erdröhnte.
Als aber die Philister das Jauchzen hörten,
sprachen sie:
Was ist das für ein gewaltiges Jauchzen
im Lager der Hebräer?
Und als sie erfuhren, daß die Lade des HERRN
ins Lager gekommen sei,
fürchteten sie sich und sprachen:

Ihr Gott ist ins Lager zu ihnen gekommen!
Wehe uns! Wer will uns erretten
aus der Hand dieses mächtigen Gottes,
der Ägypten schlug mit allerlei Plagen?
Und die Fürsten riefen:
Ihr Philister, seid stark! Seid Männer! Kämpft!
Sonst müßt ihr den Hebräern dienen
und ihre Sklaven sein!
Da zogen die Philister in den Kampf,
und Israel wurde geschlagen und floh.
Und die Philister nahmen die Lade Gottes,
und die beiden Söhne Elis, Hofni und Pinhas,
kamen um.

Der Sturz vom Stuhl

Da lief einer vom Stamm Benjamin aus dem Lager
und kam noch am selben Tag nach Schilo.
Er hatte seine Kleider zerrissen
und Asche auf sein Haupt gestreut
zum Zeichen der Trauer.
Und siehe – Eli saß auf dem Rats-Stuhl
vor dem Tor zum Heiligtum,
und er gab acht auf die Straße,
denn sein Herz bangte sehr um die Lade Gottes,
und er sprach:
»Es ist meine Schuld und nicht die meiner Söhne.«
Und als der Mann aus Benjamin in die Stadt kam,
rief er:

»Die Schlacht ist verloren!«
Da schrie die ganze Stadt auf.
Und als Eli das laute Schreien hörte, fragte er:
»Was ist das für ein großer Lärm?«
Denn Elis Augen waren so schwach,
daß er nichts mehr sehen konnte.
Da lief der Mann aus Benjamin
eilends zum Heiligtum und sagte:
»Ich komme vom Heerlager
und bin heute aus der Schlacht geflohen.«
Da fragte Eli: »Wie ist es ausgegangen, mein Sohn?«
Da antwortete der Bote:
»Israel ist geflohen vor den Philistern,
deine beiden Söhne sind tot,
und die Lade Gottes ist in der Hand der Philister!«
Als er aber von der Lade Gottes sprach –
und erst dann –,
erschrak Eli,
fiel vom Stuhl,
brach seinen Hals und starb,
denn er war alt und ein schwerer Mann.
Er richtete Israel vierzig Jahre.

Am Abend sagte Jotam zu Abigail: »Ich gehe fort – hier braucht mich niemand. Und auch du gehst zurück nach Ofra, denn die Philister werden kommen und Schilo zerstören – ich aber gehe ihr nach.«

»Wem gehst du nach?«

»Der Lade des HERRN.«

»Und wo willst du sie suchen?«

»Im Philisterland«, und damit drehte Jotam sich um und wollte das Haus verlassen. Aber auf der Schwelle blieb er stehen, sah sich noch einmal um und sagte leise: »Du hast ja die Scheibe – oder nicht?«

Da sah ihn Abigail an, hob ihre Hand und legte sie auf ihre Brust, auf der noch immer an dem Lederband die glänzende Scheibe hing, die ihr Jotam geschickt hatte, damals, als sie ihm die weiße Eselin aus Ofra nach Beer brachte. So standen sie sich schweigend gegenüber, doch dann hob sie das lederne Band über ihren Kopf und gab es Jotam zurück.

Und dann verließ Jotam Schilo. Da erst setzte sich Abigail in die dunkelste Ecke ihres Hauses und weinte.

Am nächsten Tag verließ auch Abigail Schilo. Aber sie kehrte nicht nach Ofra zu ihren Söhnen zurück. Abigail ging nach Beer in das Haus des Wollhändlers, dessen Frau gestorben war.

Auf der Straße nach Aschdod

Es regnete. Noch vor wenigen Minuten hatte die Sonne geschienen, und jetzt fiel das Wasser vom Himmel. Aber es würde nicht lange regnen, und bald würde wieder die Sonne scheinen. Doch noch war das Wasser, das aus den Wolken stürzte, wie ein nasses Tuch, das auf die Köpfe und Schultern der Menschen drückte und wie eine Platte aus Kälte und Nässe auf den Rücken der Ochsen und Esel lag. In breiten dunklen Bahnen rann es über den Kasten aus Akazienholz und die Gestalten, deren Flügel ihn umgaben und deren Goldglanz durch das Wasser noch strahlender leuchtete als unter der Sonne.

Die Philister hatten die Truhe nicht auf einen Wagen gestellt. Sie trugen sie. Die Träger wechselten einander ab, umgeben von einer Doppelreihe der Schildträger. Späher beobachteten rechts und links der Straße das Gelände, denn ehe man den Thron des Gottes Israels nicht hinter den Mauern Aschdods abgestellt hatte, konnte er ihnen wieder verlorengehen.

Doch war das nicht die eigentliche und die große Furcht der Philister, daß eine – vielleicht nur kleine, aber mutige! – Gruppe der Israeliten sie überfallen würde, sie erwarteten etwas anderes:

Feuer würde vom Himmel fallen
und ein jeder von ihnen, einer Fackel gleich, brennen.
Ein Fackelwald von Afek nach Jafo am Meer
würden sie sein,
aber der Thron würde nicht brennen!
Hagel würde vom Himmel regnen,
Hagelkörner, so groß wie die Steine
auf der Straße unter ihren Füßen.
Und der Hagel würde sie erschlagen,
und sie lägen mit aufgebrochenem Schädel
auf der Erde.
Aber der Thronsitz zeigte weder eine Schramme
noch eine Beule am Goldblech der Flügel!
Der Himmel würde sich verfinstern
– bei strahlender Sonne –,
und Wolke auf Wolke käme sirrend und flirrend
auf sie herab.
Hornissen würden die Tiere und sie selbst bedecken,
wie ein schuppiges enges Kleid
würden sie auf ihnen sitzen,
und weder Schlagen noch Schaben

könnte die Stacheln
aus ihren Armen und Beinen entfernen.
Aber auf dem Thron
würde sich keine Hornisse niederlassen!

So begleiteten die Philister die Lade des HERRN voller Angst und mit eingezogenem Nacken. Und auch die Fürsten von Gaza, Aschkelon, Aschdod, Ekron und Gat wagten nicht, laut miteinander zu sprechen. Nur auf den Raststellen setzten sie sich in einen Kreis – weit ab von dem Thron des Gottes Israels – und berieten schon jetzt, wo man im eroberten Bergland Wachtürme bauen könne und wie weit nach Osten das besiedelte Gebiet besetzt werden könnte. Die Garnison in Bet-Schean sollte weiter ausgebaut und verstärkt werden, denn sie würden dies Land besitzen, das den Ägyptern aus der Hand gefallen war, aber über den Jordan hinaus würde man sich nicht ausbreiten. Setzte sich dann aber der Zug der Männer und Tiere in Bewegung, dann schritten die Fürsten wieder schweigend hinter dem Kasten aus Akazienholz.

Die israelitischen Gefangenen sahen und hörten nichts, als seien sie blind und taub geworden, von dem, was vor ihren Augen geschehen war:

Keiner der heidnischen Philister war tot umgefallen,
als er SEINEN Thron berührte;
es war weder Blut vom Himmel gefallen,
noch hatte ER eine Finsternis kommen lassen,
so dick, daß man sie mit Händen greifen konnte!
So war der Himmel über ihren Köpfen zerborsten,
und die Erde hatte sich unter ihnen aufgetan,
denn der, der sie mit starker Hand
aus Ägypten geführt hatte

und vor dem sich die Wasser des Roten Meeres geteilt,
daß sie trocknen Fußes
das rettende Ufer erreicht hatten,
das Heer Pharaos aber im Wasser ertrank –
dieser Herr war tot!

So gingen sie mit Augen, die nichts mehr sahen, und Ohren, die nichts mehr hörten, mit Sohlen, die die Steine nicht mehr spürten, und Armen, die die Fesseln nicht mehr fühlten, hinter SEINEM Thron, der leer und sinnlos geworden war.

Drei, ja fast vier Tage schob sich so der Zug der siegreichen Philister auf der Küstenstraße nach Süden.

Aber was war das für ein Zug, den die Menschen sahen, die geduldig und lange wartend an der Straße standen? Glich er nicht eher einem Bestattungszug, als daß er ein Triumphzug war, den sie doch erwarteten?

Die Ratten kommen

»Ich will Jotam suchen. Aber allein werde ich ihn nicht finden. Komm mit mir!« sagte Abigail zu dem Wollhändler, zwei Tage nachdem sie in Beer angekommen waren.

»Und wo willst du ihn suchen?«

»Da, wo sie die Lade hingebracht haben!«

»Und wo ist das?«

»Ich weiß es nicht. – In einer ihrer Städte wird sie stehen – wir müssen es erfragen. Du bist doch in Aschdod geboren…« – »Woher weißt du das?«

»Jotam hat es mir erzählt.«

»Jotam findet den Weg allein zurück.«

»Nein – er wird niemals zurückfinden. Wir müssen ihn suchen. Er wartet auf uns!«

Am nächsten Tag ordnete der Wollhändler alles, was Haus und Hof betraf, denn er war alt und wußte nicht, ob er nach Beer zurückkommen würde. Und während Abigail Brot für die Reise buk, fanden zwei Jungen in Aschdod auf einer verlassenen Baustelle die Leiche eines Mannes. Der Mann war wohl schon vor Tagen gestorben. Auf seinem Körper sahen die Jungen – besonders in den Armbeugen – aufgetriebene Beulen. Eine andere Beule in der Leistengegend – denn der Schurz war heruntergerutscht – war geplatzt, und auf dem Inhalt – klebrig und stinkend – saßen Fliegen.

Der Tote wurde schnell verscharrt, denn niemand in diesem Teil der Stadt kannte den Mann. Doch schon am nächsten Tag starben eine junge Frau und ihre alte Mutter. Und wieder fanden sich Beulen an ihrem Körper, bei beiden unter den Achseln. Diesmal wurden die Toten verbrannt. Und am dritten Tag, als Abigail mit dem Wollhändler auf der Straße von Beer nach Sichem unterwegs war, um von dort über Afek die Küstenstraße zu erreichen, sah man überall auf den Feldern um Aschdod den Schein der Feuer.

Fiebernd schlichen die Menschen durch die Straßen, stützten sich an den Mauern und fielen, in ihre Häuser zurückgekommen, auf die Erde, ohne noch jemand zu erkennen.

Die Angst der Menschen vor dem Wachsen der Beulen ließ sie nur noch ihre eignen Körper abtasten, während sie doch am Webstuhl saßen, das Kind säugten oder auf dem Markt um einen Esel feilschten. So nahmen sie nichts anderes wahr und waren blind für die Ratten!

Sie sahen sie nicht, die erst nur in der Nacht, jetzt aber auch am hellen Tag aus den Holzschuppen und Kellern hervorkamen und sich ohne Angst und Scheu auf der Straße zwischen Menschenfüßen und Tierhufen ihr Futter suchten. Sie wunderten sich nicht, daß die Ratten in die Häuser eindrangen und sich vor dem Regen zwischen Körben und Säcken im Trocknen und Warmen einnisteten, als gehöre das Haus jetzt ihnen!

Was machte es den Bürgern Aschdods aus, wenn das Quietschen der Ratten auch in der Nacht nicht still wurde, wenn sie das Getreide und das Obst auffraßen oder auf den Dächern herumliefen oder auf den Zweigen der Bäume saßen wie Vögel, denn sie kletterten wie die Katzen?

Was hatten schon die Ratten mit ihrem Elend zu tun? Denn es gab bald kein Haus mehr in Aschdod, in dem man niemanden hörte, der um einen Toten klagte – es sei denn, seine Bewohner waren von dem Karren, der am Morgen und am Abend die Toten aus den Häusern holte, mitgenommen worden: Denn die kleinen und winzigen roten und kreisrunden Flecke auf ihren Körpern, die Stiche der Rattenflöhe, welche die Pest übertrugen, bemerkten sie nicht.

In dies fiebernde und von Eiterbeulen befallene Aschdod trugen die Philister die Lade des HERRN und brachten sie in den Tempel ihres Gottes Dagon. Das Bild Dagons aber war groß, und sein Scheitel berührte das Dach des Hauses. Dorthin stellten sie die Lade Gottes. So stand sie neben seinen Füßen, nur so breit, so lang und so hoch wie diese, einer Fußbank gleich.

Und als am anderen Morgen
sich die Leute von Aschdod früh aufmachten
und in den Tempel Dagons kamen,
sahen sie Dagon auf der Erde
auf seinem Antlitz liegen
vor dem HERRN.
Und sie bauten eine Schräge,
nahmen Seile und Stricke
und zogen ihn auf die Schräge,
die sie nun hochschoben.
So mühten sie sich,
und der Schweiß lief ihnen über das Gesicht
und den Rücken.
Und sie nahmen Dagon
und stellten ihn wieder an seinen Ort.
Aber als sie sich am anderen Morgen
wieder früh aufmachten,
fanden sie Dagon abermals auf seinem Antlitz
auf der Erde liegen,
aber sein Haupt und seine beiden Hände
lagen abgeschlagen auf der Schwelle,
so daß der Rumpf allein lag.
Als das die Leute in Aschdod hörten, erschraken sie.

Und die Zahl derer, die krank wurden, nahm zu, und viele liefen schreiend vor Schmerzen aus ihren Häusern auf die Straße, schlugen um sich und stießen zu Boden, wer ihnen entgegenkam, denn sie waren wahnsinnig geworden.

Am Nachmittag des siebenten Tages erreichten Abigail und der Wollhändler Aschdod. Da sagte der Wollhändler: »Warte hier auf mich, ich will sehen, ob ich in der Herberge dort auf der anderen Straßenseite einen Raum für uns mieten kann.«

Abigail stieg von ihrem Esel. Es war wieder eine schlohweiße Eselin, aber schon in der dritten Generation derer, die sie heimlich aus dem Hause Gideons in Ofra zu Jotam nach Beer gebracht hatte. Nun setzte sie sich auf die niedrige Mauer und wartete.

Abigail wartete und wartete. Sie wartete so lange, bis es dunkel geworden war und sie die Eselin nur noch als einen weißen Fleck neben sich sah.

»In Aschdod ist die Pest! Wir müssen weiter!« sagte der Wollhändler, als er endlich zurückkam.

»Und – ist die Lade des HERRN hier in Aschdod?« fragte Abigail.

»Ja – sie ist im Tempel Dagons.« Aber von dem, was im Tempel geschehen war, sagte er nichts.

»Dann ist Jotam auch in Aschdod, und nur hier kann ich ihn finden!« sagte Abigail und schob sich schwerfällig von der Mauer, denn sie war kalt und steif geworden.

»Wir übernachten nicht in Aschdod! Willst du dir hier die Pest holen? Wie kannst du Jotam helfen, wenn sie dich dort verbrennen?« Aufgeregt wies der Wollhändler auf die Feuer, die jetzt überall angezündet wurden.

»Es muß doch *ein* Haus oder einen einzigen Raum geben, in dem wir wohnen können! – Frag den Wirt, er wird uns sicherlich helfen – du bist doch hier geboren!«

Und der Wirt hatte einen Raum. Das Haus neben der Herberge stand leer, denn alle, die darin gewohnt hatten, waren tot.

»Es ist warm da drin!« sagte der Wirt. »Es hat einen Fußboden aus Brettern. Und ein kleiner Stall ist dabei, da könnt ihr eure beiden Esel einstellen. Es liegen sogar Körnerfutter und Mohrrüben in der Ecke! Na ja – und allerlei Abfall…«, setzte er leise hinzu.

So gingen der Wollhändler und Abigail in das Haus, dessen Bewohner man erst vor einem Tag daraus entfernt hatte. Aber das hatte der Wirt dem Wollhändler nicht gesagt.

Der Wollhändler schlief so fest in der Nacht, daß er die Unruhe der beiden Esel nicht hörte. Abigail aber wachte auf und ging in den Stall. Beide Esel traten unruhig und aufgeregt hin und her. Sie senkten die Köpfe, legten die Ohren zurück und schlugen mit den Hufen den Boden. Abigail konnte im Dunkeln nicht sehen, wovor die Tiere erschraken, so lief sie zurück, weckte den Wollhändler und sagte: »Komm – im Stall ist etwas geschehen!«

Auch der Wollhändler konnte nichts erkennen, bis er das Quietschen der Ratten hörte…, und dann sah sie Abigail, als sie an ihr vorbei aus der Tür und auf den Hof liefen: Schwarz, fett, mit abstehenden Ohren und einem langen nackten Schwanz, so liefen diese Tiere – lang wie der Unterarm eines starken Mannes – über Abigails Füße, die doch noch nie eine Ratte gesehen hatte! Erschrocken schrie sie auf vor Angst und Ekel.

»Kommen sie auch zu uns ins Haus?« fragte sie.

»Im Gebirge nicht – aber hier, wo es warm ist, sicherlich.«

»Du meinst, sie kommen in unser Haus, in dem wir jetzt wohnen?«

»Sie werden uns nichts tun, wenn sie satt sind!«

»Dann bleibe ich nicht hier – laß uns ein anderes Haus suchen!«

»Wir werden kein anderes Haus finden – sie sind überall! Es ist nicht immer so – aber in diesem Jahr scheinen sie so zahlreich zu sein wie Sandkörner am Meer!«

»Ich bleibe nicht hier – wir finden ein anderes Haus. Du bist doch in Aschdod geboren!« bat Abigail.

Und so verließen sie am nächsten Morgen mit ihren beiden Eseln das Rattenhaus. Keiner von ihnen war in der Nacht noch einmal eingeschlafen, weder Abigail noch der Wollhändler noch die beiden Esel, die sie aus dem Stall in das Haus hinübergeholt hatten.

Vergeblich war der Wollhändler den ganzen Tag über unterwegs, um ein Haus zu finden, in dem es keine Ratten gab. Erst kurz bevor die Sonne unterging, fand er den Turm in der Stadtmauer. Es war wohl eher eine Wachstube als ein Wohnraum gewesen, aber der Boden war gepflastert, und seine Wände waren aus Stein.

»Es wird kalt werden, und du wirst in der Nacht frieren, aber Ratten kann es hier nicht geben. Sie leben unter den Holzböden und lieben die Wärme!« tröstete der Wollhändler Abigail, deren Angst vor den langgeschwänzten und huschenden Tieren ihn rührte.

In dieser zweiten Nacht in Aschdod drückten sich beide eng an die warmen Bäuche der Esel, die, einer Mauer gleich, sich um sie gelegt hatten und in deren Wärme sie ruhig schliefen.

Die Fürsten kommen

Als aber die Leute von Aschdod sahen,
daß niemand von der Pest verschont wurde,
sprachen sie:
»Laßt die Lade des Gottes Israels
nicht bei uns bleiben,
denn seine Hand liegt zu hart auf uns
und unserem Gott Dagon.«
Und sie sandten hin
und riefen die Fürsten von Gaza,
Aschkelon, Ekron und Gat nach Aschdod,
damit sie ihnen sagten,
was mit der Lade des HERRN geschehen sollte.
Und die Fürsten kamen.
Aber sie kamen ohne die Sklaven,
die sonst hinter ihnen gingen
mit den Straußenfederwedeln aus Ebenholz,
sie kamen ohne ihre Salbenbüchsen aus Alabaster
und ohne ihre Prunkstäbe, vergoldet und auslaufend
in gebogenen Figuren aus Elfenbein.
Es fehlten die Sängerinnen und die Tänzerinnen,
die Tänzerinnen, glänzend
und duftend von Salben und Ölen,
die mit ihrem nackten Körper
ein Brückentor bilden konnten.
Und niemand sah und hörte die Instrumente.
Die vier Fürsten aber
wurden eilend und schweigend
auf den vergoldeten Tragestühlen
auf den Schultern der Sklaven

zum Palast des Fürsten von Aschdod getragen.
Und doch standen die Leute der Stadt
an den Rändern der Straßen, drängten sich nach vorn
und hoben sich auf die Fußspitzen,
um wenigstens etwas sehen zu können von denen,
die der Pest ein Ende bereiten sollten.
Unter ihnen hatte auch Jotam gestanden,
Jotam, der immer wieder Zurückgedrängte,
den dann doch eine Frau – dick und füllig –
in ihr Haus gewinkt hatte, denn er tat ihr leid.
So sah er mit ihr von der Dachterrasse auf die Straße
hinunter.

Jotam fror, obwohl die Sonne noch immer wärmte, denn die Regenschauer der Herbst-Regenzeit waren nur kurz. Er fror, und ihm war übel. Er wäre lieber unten auf der Straße geblieben, hätte dann versuchen können, dem Zug der Fürsten zu folgen und vielleicht sogar unbemerkt nach ihnen in den Palast zu gelangen. Er wollte hören, was sie über die Lade des HERRN beschließen würden. Denn alle Leute in Aschdod fragten: »Warum ist die Lade des Gottes Israels bei uns im Tempel Dagons? Was haben wir getan, daß die Hand dieses Gottes so schwer auf uns liegt?«

Aber nun konnte er nicht wieder auf die Straße zurück. Niemand hätte ihn, der so viel kleiner war als sie alle, durchgelassen, damit er vor ihnen einen Platz bekam! Und dann mochte er auch nicht wieder die steile Treppe heruntergehen, er war müde – so müde, und die Gegenwart der dicken und mütterlichen Frau, in deren Schatten er sich über die niedrige Mauer lehnte, gab Geborgenheit und Schutz.

Doch da sah er Abigail!

Sah Abigail und den Wollhändler, sah sie auf der anderen Straßenseite, eng an die Hausmauer gedrückt. Doch seine Hand war zum Winken zu kraftlos, und sein Mund blieb stumm, denn sein Hals schmerzte und war zugeschwollen. Hilflos stand er auf der Terrasse, und hilflos mußte er zusehen, daß der Wollhändler und Abigail ihren Platz verließen und hinter der Menschenmauer – immer noch eng an die Hauswände gedrückt – fortgingen.

Und erst da, als er nur noch ihre Rücken sah und daß sie sich von ihm entfernten, da lief er doch von der Terrasse, drängte sich durch die Menschen und folgte ihnen.

Vielleicht waren seine Füße zu schwach und seine Kräfte zu gering, oder das Fieber überfiel ihn mit neuer Kraft, der Abstand zwischen ihm und Abigail wurde nicht kleiner..., da wußte er, daß er sie nicht mehr einholen konnte, aber noch immer folgte er ihnen, bis er die Stadtmauer sah, den verfallenen Wachraum im Turm, in den sie hineingingen, dann erst fiel er auf die Erde.

Im Palast der Philisterfürsten von Aschdod
saßen die Fürsten von Gaza,
Ekron, Aschkelon und Gat,
und die Leute von Aschdod fragten sie:
»Was sollen wir mit der Lade
des Gottes Israels machen?
Sie kann nicht bei uns bleiben,
sonst werden wir alle sterben!«
Da sagten die Fürsten:
»Tragt die Lade des Gottes Israels nach Gat!«

Wo ist die Frau, die im Turm wohnt?

Als Jotam wieder zu sich kam, lag er noch immer auf der Erde. Da bat er einen Mann, der vorüberging: »Nimm von meinem Hals das Lederband und bring es mit der kupfernen Scheibe dort in den Turm und gib es der Frau, die darin wohnt!«

Aber der Mann ging weiter, denn er war taub und hörte ihn nicht.

Da sagte Jotam zu einer Frau, die auf ihn zukam: »Nimm von meinem Hals das lederne Band mit der kupfernen Scheibe und gib es der Frau, die im Turm wohnt!«

Aber die Frau sah, daß Jotam die Pest hatte, und ging vorüber, denn sie hatte Kinder und fürchtete, daß sie sich anstecken könne.

Da versuchte Jotam auf seinen Händen und Knien bis zum Turm zu kriechen, aber er war zu schwach, denn die Kälte und Hitze in ihm waren zu groß. Doch da kam ein Blinder, der blieb stehen, als er hörte, wie bitter Jotam weinte, und fragte: »Was hast du? Warum weinst du so sehr?«

Da riß Jotam sich das lederne Band mit der kupfernen Scheibe vom Hals und sagte: »Nimm und bring es der Frau im Turm!«

Da ging der Blinde, tastete und suchte den Weg mit seinem Stock und rief: »Wo ist die Frau, die im Turm wohnt? – Wo ist die Frau, die im Turm wohnt?«

Und er rief so laut und so lange, bis Abigail ihn hörte. Aber sie wagte es nicht, aus dem Wachraum herauszutreten, und sagte zu dem Wollhändler: »Geh du und frage den Mann, was er von mir will. Ich kenne ihn nicht.«

Da fragte der Wollhändler den Blinden: »Warum rufst du: Wo ist die Frau, die im Turm wohnt?«

»Ich soll ihr etwas bringen – aber nur ihr! Ein Mann hat es mir gegeben – er liegt dort auf der Straße – aber vielleicht ist er jetzt schon tot.«

Abigail aber hatte alles gehört, und als sie die kupferne Scheibe an dem Lederband sah, lief sie zu dem Blinden, riß es ihm aus der Hand und strich es mit dem Daumen glatt, bis sie die Kerben sah: *A-bi-gail* und *Jo-tam*. Da ließ sie das Band fallen, lief an dem Blinden vorbei, schrie: »Jotam«, kniete sich neben ihn auf die Straße, hob seinen Kopf und seine Schultern hoch, drückte sie an ihre Brust und wiegte ihn, als sei er nicht ihr Mann, sondern ihr Kind. Doch sie sagte ihm kein weiteres Wort, denn vor Weinen konnte sie nicht sprechen.

Die Beule

Der Blinde und der Wollhändler trugen Jotam in die Wachstube und legten ihn auf den Mantel des Wollhändlers auf die Erde. Jotam aber wußte von alledem nichts.

Da zog ihn der Blinde aus, tastete seinen kleinen und noch immer jungenhaften Körper ab, fühlte die Schwellung in der rechten Leiste und sagte: »Die Beule ist reif, ich werde sie öffnen und ätzen.«

»Aber das tut weh – muß es denn sein?« fragte Abigail.

»Wenn sich die Beule nicht öffnet, stirbt er. Vielleicht stirbt er auch dann, wenn ich sie aufschneide – aber es könnte sein, daß er gesund wird. Schmerzen wird er auch ohne das Öffnen haben. Also, was willst du?« fragte er Abigail.

»Ich möchte, daß er lebend mit mir zurückkehrt.«

»Du weißt, daß du und der alte Mann sich anstecken können und daß dann dein Jotam vielleicht als einziger Aschdod verlassen wird – falls ihr euch nicht noch heute von ihm trennt und ihn mir allein überlaßt!«

Da sagte der Wollhändler: »Ich habe nun schon Jahrzehnte auf ihn aufgepaßt, ohne daß er es wußte, denn ich bin der Sohn des älteren Bruders seines Vaters Gideon, er ist mein Vetter und wird es wohl nie erfahren! Ich bleibe bei ihm, denn ich bin alt. Warum soll ich nicht in der Stadt sterben, in der ich geboren bin? Aber du, Abigail, hast Söhne und Töchter in Ofra, kehre du um.«

Doch Abigail sagte: »Wo er hingegangen ist, dahin bin ich ihm gefolgt, und sei es in eine Peststadt. Und wenn er hier begraben werden soll, dann will auch ich hier begraben werden, aber wenn er gesund wird, dann werde auch ich ihn gesund nach Hause begleiten. Das weiß ich!«

Da sagte der Blinde: »Dann hole ich alles, was wir brauchen werden, aber gebt mir nicht die Schuld, wenn ich ihn dann doch nicht retten konnte!«

Als der Blinde zurückkam, stellte er einen gefüllten Korb und einen kleinen bauchigen, kurzhalsigen Krug auf die Erde – denn einen Tisch gab es in dem Wachraum nicht – und sagte: »Wir müssen ihn zwingen, davon zu trinken, er wird dann eine Zeit fest schlafen. Beim Ätzen wird er aber wieder vor Schmerzen aufwachen – doch nur für einen Augenblick!« setzte er tröstend hinzu, als er Abigails erschrockenes Gesicht sah, und verschwieg, daß es nicht mehr der Wein sein würde, der ihm dann gnädig die Besinnung raubte.

Jotam trank mit Gier aus dem rundlichen Krug – mit dicken und schweren Vögeln verziert, kurzhalsig und auf kurzen Beinen – und schlief ein. Da sagte der Blinde zu Abigail: »Ich bin blind, aber fürchte dich nicht! Ich bin kein Philister, ich bin Ägypter und Arzt – aber du mußt mir jetzt helfen, denn der alte Mann dort kann es nicht.« Dabei wendete er den Kopf und lauschte in die Ecke des Raumes, in der der Wollhändler stand. Dann sagte er zu ihm: »Geh und besorge Heu und Decken, so viele du kaufen kannst – aber von Händlern, die eben erst in die Stadt gekommen sind! Und Brot und Obst, denn es wird einige Tage dauern, bis ihr den Turm hier verlassen könnt.«

Der Wollhändler, der bekümmert zugesehen hatte, weil er nicht wußte, wie er Jotam helfen konnte, dem er doch bisher in allen gefährlichen Stunden zur Seite gestanden hatte, verließ eilig den Raum und war froh, daß er nicht mit ansehen mußte, was mit Jotam jetzt geschah.

»Ich kann zwar nicht sehen«, sagte der Blinde, »aber ich kann fühlen, was getan werden muß; doch ich kann es nicht allein machen, du mußt mir helfen. Willst du es?«

Abigail nickte mit dem Kopf, und obwohl der Ägypter das nicht sehen konnte, hatte er es gespürt.

»Wenn du deinen Mann retten willst, dann mußt du jetzt alles tun, was ich dir sage. – Viel Zeit haben wir drei nicht mehr!« setzte er leise hinzu.

»Was soll ich machen?« fragte Abigail. Sie fragte es laut und deutlich und mit einer Stimme, als ginge es nur darum, die Wäsche zu waschen oder Brot zu backen.

»Ich sage es dir jetzt genau in der Reihenfolge, in der wir es dann tun werden. Merke es dir gut, ich kann dir danach dann nichts mehr erklären noch mit dir sprechen, und du darfst mich dann nichts mehr fragen: Du legst zuerst die Tücher, die ich mitgebracht habe, um die Beule, und wenn ich sie geöffnet habe, dann achte darauf, daß die Flüssigkeit, die herauskommt, von den Tüchern aufgesogen wird und weder am Körper herunterläuft noch an unsere Hände kommt. Die Tücher mußt du dann später verbrennen. In dem kleinen Krug dort mit dem engen Hals ist Wein, den gießt du ganz langsam in die geöffnete Beule, die ich mit zwei Haken auseinanderhalte, bis die Beule sauber ausgespült ist, und dann...«, und jetzt wandte er sein Gesicht zu Abigail und *sah* sie an, sah sie an mit zwei Augäpfeln, die milchig-weiß im Braun des Gesichts standen, und sagte: »Die Beulen haben Wurzeln! Trichterförmige Wurzeln, zwei oder drei, die mußt du finden! Und achte dabei immer auf die Tücher! In der Ledertasche ist ein dikker angespitzter Stift, tauch ihn zuerst in die braune Schale, die neben dem kleineren Krug steht, und dann...«, jetzt machte der ägyptische Arzt eine kleine Pause, »...und dann drücke ihn in die Wurzeln! Wenn du die Wurzeln nicht findest, ist alles umsonst, und dein Mann stirbt. Drücke aber nur kurz in die Wurzeln der Beule, dein Mann wird dann vor Schmerzen schreien – aber er wird gleich danach nichts mehr spüren!«

Der Blinde machte wieder eine Pause, denn er wußte nicht, ob Abigail alles behalten konnte, wenn er so schnell hintereinander zu ihr sprach. Doch dann fuhr er fort: »Mit dem Ätzstift mußt du in einer Spirale die ganze Innenseite der Beule betupfen, die Haut wird sofort weiß werden, und dann legst du das weiße, schmale Band in die Beule – dort in dem Tuch liegt es! –, aber so, daß die eine Seite länger als die andere heraushängt, und ich lasse die beiden Hautlappen los, das Vernähen und Verknoten der Wunde mache ich selber, aber du mußt mir die Nadel einfädeln und in die Hand geben. Und achte mit darauf, daß das weiße Band locker und frei liegt und ich es nicht annähe! Ist es morgen an dem kurzen Teil feucht, dann ziehe ich es etwas heraus, damit ein Stück des längeren und trocknen Teiles in der Beule liegt. Bleibt nach drei Tagen das Band trocken, dann ziehe ich es ganz heraus, und die Wunde kann zuheilen – aber nicht eher! Und nun müssen wir anfangen!«

Der Raum war bisher dunkel, aber das war für den blinden Ägypter bedeutungslos, doch als Abigail die Tücher auf dem Leib Jotams um die Beule legte, schien die nun schräg stehende Sonne durch die kleine Türöffnung und lag wie ein Band aus Licht auf Jotam. Abigail wußte, daß sich dieses Lichtband immer weiter schieben würde, so blieb ihnen nur diese kurze Zeit, in der sie, die Sehende, ihn retten konnte, ehe sein Leib wieder im Dunkeln liegen und sie zur Blinden würde.

Und in diesem rotgoldenen Sonnenstreifen geschah es dann, geschah lautlos und mit fast spielerischer Leichtigkeit:

das Öffnen der Beule
und ihr Ausspülen mit Wein,
das Ätzen
und das Einlegen des weißen Bandes,
das Nähen der Wunde und Verknoten der Fäden
und das Abdecken mit einem weißen Tuch.
Vorsichtig glitten dann die Finger des Blinden
über Jotams Halsschlagader,
leicht prüfte er den Puls
und die Temperatur der Haut,
strich massierend von den Füßen aufwärts den Körper
und sagte:

»Dein Mann ist klein, er ist nie ein Erwachsener geworden, aber er ist sehr kräftig und gesünder als viele seines Alters – und er ist ein tapferer Mann, sonst wäre er jetzt nicht hier in Aschdod! – Hast du ihm Kinder geboren?«

»Ja, Söhne und Töchter«, sagte Abigail.

»Gesund und groß?«

»Gesund und groß!« sagte Abigail stolz.

»Das dachte ich mir. – Es ist nicht entscheidend, wer von uns mit den Händen am höchsten greifen kann, und es ist ebenso wenig entscheidend, wessen Augen das meiste gesehen haben. Das Wesentlichste spielt sich *in* uns ab. Was macht es da, wie lang unser Körper ist!«

Als der Blinde dies gesagt hatte, kam der Wollhändler zurück. Die zwei Esel – braun und schlohweiß – hatte er so hoch beladen, daß nur noch die Beine von ihnen zu sehen waren. Heuballen und Decken aus Wolle und feinster Baumwolle lud er ab, dazu Brot und Obst, Öl und Wein und Polsterkissen, um darauf zu sitzen. Eifrig lief er von der Straße in den Wachraum und trug und schleppte, doch immer wieder sah er auf Jotam, den Abigail mit Decken bedeckte, denn der Ägypter mahnte: »Sieh zu, daß er nicht kalt wird!« Danach aber sagte er: »Ich gehe jetzt, und morgen früh komme ich wieder.«

Aber Abigail bat: »Bleib doch bei uns, es ist Nacht geworden, und du bist müde und hungrig. – Sei unser Gast!« – Von diesem Tag an blieb der blinde Ägypter bei ihnen, bis sie ihm in Rama sein Grab schaufelten.

Doch ehe sich Abigail, der Blinde und der Wollhändler zum Schlafen auf die Erde legten, sprach Abigail:

»Lobet den HERRN!
Höret zu, ihr Könige,

und merket auf, ihr Fürsten.
Ich will singen,
dem HERRN will ich singen,
dem Gott Israels will ich spielen.
Lobet den HERRN!
Die ihr auf weißen Eselinnen reitet,
die ihr auf Teppichen sitzet:
Singet!
Auf – auf und singet!
HERR, die dich liebhaben,
sollen sein, wie die Sonne aufgeht in ihrer Pracht!
Denn,
HERR, deine rechte Hand tut große Wunder.
HERR, wer ist dir gleich unter den Göttern?
Der HERR ist meine Stärke und mein Lobgesang
und ist mein Heil.
Das ist mein Gott,
ich will ihn preisen,
er ist meines Vaters Gott,
ich will ihn erheben,
denn
du bist der HERR, unser Arzt.«

In Schalen und Krügen

Die Mäuse kamen in die Stadt Gat:
Sie ertranken in den Milchschalen,
die man für die Dickmilch aufstellte,
und fielen von den Dachbalken

in die Töpfe voller Grütze,
sie machten ihre Nester in den Kleidern,
die man zur Nacht beiseite legte,
und fraßen sich durch das Brot.
Sie zernagten die Riemen der Sandalen
und die Säcke,
aus denen nun das Mehl auf die Erde rann
in dünnen weißen Rinnsalen,
wie Milch aus einem zersprungenen Krug.
So traten die Leute von Gat auf Mäuse,
die ihnen aus dem Ärmel liefen
oder aus den Kleidern sprangen,
während sie aßen, standen oder gingen.

Das geschah, als die Leute von Aschdod die Lade des HERRN nach Gat getragen hatten; die Ratten und Mäuse überfielen sie, und auch ihre Körper bedeckten sich mit Beulen.

Da hoben sie die Lade des HERRN
schon nach wenigen Tagen auf
und trugen sie nach Ekron,
denn der Schrecken des HERRN war auf sie gefallen.

So kam es, daß Jotam, der Wollhändler, der Blinde und Abigail der Lade des HERRN nach Ekron folgten, denn Jotam wollte nicht nach Ofra zurückkehren, sondern bei der Lade des Gottes Israels bleiben.

Als aber die Lade Gottes nach Ekron kam,
schrie die ganze Stadt:
»Sie haben die Lade des Gottes Israels
hergetragen zu mir,
damit sie mich töte und mein Volk!«
Und die Leute von Ekron

sandten hin nach Gaza, Aschkelon,
Gat und Aschdod
und versammelten alle Fürsten der Philister
im Palast des Fürsten von Ekron und sprachen:
»So spricht Ekron, unsere Stadt:
Sendet die Lade des Gottes Israels
– die ihr erbeutet habt –
zurück an ihren Ort,
damit sie mich und mein Volk nicht töte,
denn es ist ein großer Schrecken
über mich gekommen.
Die Hand dieses Gottes liegt schwer auf mir!«
Und das Geschrei der Stadt vor den Toren des Palastes
stieg auf gen Himmel.
Da beriefen die Fürsten
ihre Priester und Wahrsager und sprachen:
»Was sollen wir
mit der Lade des Gottes Israels machen?
Laßt uns wissen,
wie wir sie an ihren Ort senden sollen!«
Da sprachen die Priester und Wahrsager:
»Wollt ihr die Lade des Gottes Israels
– die eure Siegesbeute und euer Pfand ist! –
wirklich zurücksenden,
so sendet sie nicht ohne eine Gabe,
so werdet ihr gesund werden.«
Die Fürsten aber sprachen:
»Was sollen wir als Sühnegabe geben?«
Sie antworteten:
»Fünf goldene Beulen und fünf goldene Mäuse
für die Städte: Gaza, Aschkelon,
Ekron, Gat und Aschdod.

Vielleicht wird die Hand des Gottes Israels
dann leichter werden über euch,
eurem Gott und eurem Land.
Ihr seid wie der Pharao Ägyptens:
Erst als er die Macht des Gottes Israels erfuhr,
ließ er sie ziehen.«
Und dann fuhren sie fort und sagten:
»Laßt einen neuen Wagen machen
und nehmt zwei säugende Kühe,
die noch nie einen Wagen gezogen haben
– ihre durstigen Kälber aber laßt im Stall! –,
aber die Lade des Gottes Israels nehmt,
stellt sie auf den Wagen.
Und die fünf goldenen Beulen
und die fünf goldenen Mäuse
– die Abbilder der Plagen,
die euer Land zugrundegerichtet haben –
tut in ein Kästlein daneben.
So sendet die Lade ohne Fuhrmann hin
und laßt sie gehen.
Und nun achtet darauf:
Bewegt sich die Lade auf dem Wagen
auf der Straße nach Bet-Schemesch – nach Osten – zu,
so hat der Gott Israels
uns dies Übel mit der Pest angetan.
Kehren die Kühe aber
in ihren Stall zu den Kälbern zurück,
die nach ihnen schreien,
so wissen wir alle,
daß nicht seine Hand uns getroffen hat,
sondern daß die Seuche
uns zufällig widerfahren ist!«

Das taten die Leute von Ekron,
sie nahmen zwei säugende Kühe,
spannten sie vor einen Wagen
und behielten die Kälber im Stall,
sie stellten die Lade des HERRN auf einen Wagen,
dazu das Kästlein
mit den fünf goldenen Beulen und Mäusen,
und warteten.
Es warteten die Fürsten und die Priester,
die Wahrsager und die Leute,
die aus allen Städten der Philister gekommen waren,
und unter ihnen auch Jotam, der Wollhändler,
der blinde Arzt und Abigail,
bis endlich die Kühe die Füße voreinander setzten
und gingen geradewegs auf Bet-Schemesch zu
– am Rande des Gebirges Juda –,
und ließen sich nicht beirren;
sie blieben immer auf derselben Straße,
obgleich sie vor Schmerzen brüllten,
denn ihre Euter waren schwer von der Milch,
und wichen weder zur Rechten noch zur Linken.
Die Fürsten der Philister und das ganze Volk
ging hinter dem Wagen bis nach Bet-Schemesch.
Und auch Jotam folgte der Lade, saß auf der Eselin
und freute sich, daß Jahwe, der Cheruben-Throner,
mit der Lade wieder zurückkehrte zu seinem Volk.

Eine Hütte für die Lade

Die Leute von Bet-Schemesch aber
waren auf dem Felde und pflügten,
und als sie ihre Augen aufhoben,
sahen sie die Lade
und freuten sich, sie zu sehen.
Der Wagen aber stand auf dem Acker Jechonjas still.
Und dort lag ein großer Stein.
Da zerschlugen sie das Holz des Wagens
und schichteten es auf den Stein,
schlachteten die Kühe
und opferten sie dem HERRN zum Brandopfer.
Als das die fünf Fürsten gesehen hatten,
zogen sie am selben Tag wieder nach Ekron zurück.
Aber die Söhne Jechonjas freuten sich nicht,
sondern fürchteten sich und sagten:
Wer kann bestehen vor dem HERRN, dem Heiligen?
Was soll die Lade des HERRN bei uns in Juda?
Und sie sandten Boten
zu den Bürgern von Kirjat-Jearim im Stamm Dan
und ließen ihnen sagen:
Die Philister
haben die Lade des HERRN zurückgebracht;
kommt herab und holt sie zu euch hinauf!
Da kamen die Leute von Kirjat-Jearim
und holten die Lade des HERRN herauf
und brachten sie ins Haus Abinadabs auf dem Hügel
und bestellten seinen Sohn Eleasar,
daß er über der Lade des HERRN wache.

Jotam folgte der Lade des HERRN mit Abigail, seiner Frau, dem Wollhändler und dem blinden Ägypter. Eleasar aber baute eine Hütte für die Lade des HERRN, denn die Winterregen waren stark und kalt, und bedeckte sie mit Tüchern. Und Jotam wohnte in dem Haus Abinadabs und ging jeden Tag in die Hütte, setzte sich auf die Erde und sah auf die Lade des HERRN. Doch der Wind riß an den Tüchern, und die Hühner Eleasars flogen auf die Lade, fanden dort Schutz vor dem Regen und legten ihre Eier in das Stroh unter der Lade.

Da kam eine große Traurigkeit über Jotam,
und er klagte:
»HERR, wie verlassen ist dein Thron
und wie elend der Stuhl deiner Herrlichkeit!
Hast du dich aufgehoben
und bist in den Wolken zum Himmel gefahren?
Oder bist du niemals bei uns gewesen
und ich bin einem Trugbild nachgelaufen,
einem leeren Gehäuse nur?
Ist der Gott der Philister umgestürzt,
nur weil sich sein Fundament senkte?
Und kam die Pest mit ihren Beulen
in die Städte der Philister,
weil ihre Zeit gekommen war?
Fiel die Stadt Jericho,
weil ein Erdbeben sie zerstörte,
und nicht, weil die Lade des HERRN
siebenmal um sie getragen wurde?
Stauten sich die Wasser des Jordan,
weil ein Erdrutsch sie aufhielt,
und nicht, weil die Lade des HERRN
in ihrer Mitte verharrte,

so daß unsere Väter den Fluß
durchqueren konnten,
ohne daß ihre Füße naß wurden?
Bist du – o HERR –
nie wirklich unter uns gewesen
und waren es alles nur leere Worte,
leer wie diese Lade,
deren Inhalt keiner gesehen hat?
Warum entziehst du dich,
daß dich unsere Augen nicht sehen,
unsere Ohren nicht hören
und unsere Hände nicht greifen können,
der du doch unser aller Gott bist?«

Am nächsten Tag verließ Jotam Kirjat-Jearim, nachdem Abigail zum letzten Mal die Hühner von der Lade gescheucht und er den linken Zipfel der Decke – neben dem Eingang – noch einmal festgebunden hatte, der sich doch immer und immer wieder löste. Und mit ihm zogen Abigail, seine Frau, der Wollhändler und der Blinde den Hügel hinab und machten sich auf den Weg nach Rama.

Jotam und Samuel

Jotam fragte den Wollhändler, der auf der weißen Eselin saß, denn er war alt und schwach:

»Als du mich auf den Berg Ebal mitgenommen hattest, um die weißgetünchten Steine Josuas zu suchen – erinnerst du dich? –, da hast du mir gesagt, daß du in Aschdod geboren bist. Und in Aschdod habe ich dich wiedergefunden, dich und Abigail, meine Frau. Und nun begleitest du uns doch wieder zurück in das Gebirge Ephraim und bist nicht in Aschdod geblieben, wo du doch geboren bist und wo das Grab deines Vaters ist. – Und auf dem Ebal hatte ich dich gefragt: Woher kennst du die Midianiter? Aber du hast mir keine Antwort gegeben! Nun will ich dich heute noch einmal fragen: Was haben die Midianiter mit dir zu tun?«

Da sagte der Wollhändler: »Die Midianiter haben nichts mit mir zu tun, sondern nur mit meinem Vater.« Und dabei hob er sein linkes Bein, schlug das Gewand zurück, so daß sein Fuß frei und unbedeckt war, und sagte: »Sieh!«

Da sah Jotam die sternförmige Narbe mit den sieben Zacken zwischen Knöchel und Ferse, und er rief: »Die Narbe! Die Narbe von dem Schlangenbiß! – Du bist der Bruder meines Vaters!«

Aber der Wollhändler sagte: »Ich bin nicht der Bruder deines Vaters, ich bin dessen Sohn. Mein Vater wurde von den Midianitern als Sklave nach Aschdod verkauft, dort heiratete er eine Philisterin und sollte freigelassen werden. Aber er blieb im Hause seines Herrn. Ich aber erhielt die Freiheit. Und als mein Vater starb, sagte er zu mir: Kehre zurück nach Ofra im Stamm Manasse und zeige dich meinem Bruder Gideon, er wird für dich sorgen! Und dann ließ er mir diese Narbe einschneiden. Daran wird Gideon erkennen, daß du mein Sohn bist! sagte er.«

»Aber du bist nie in unser Haus in Ofra gekommen!«

»Nein, aber ich war oft auf dem Hof vor eurem Haus, und ich kannte dich schon, als du noch ein kleiner Junge warst, auch wenn ich immer nur deinen Kopf über der Terrassenmauer sah – und dich kannte ich auch«, sagte er und wandte sich zu Abigail, die den braunen Esel führte, auf dem der Blinde saß, »als alle dich *Lederkopf* riefen.«

»Und dann?« fragte Jotam.

»Von der Nacht an, in der der Mond sich verfinsterte und Abimelech deine Brüder in Ofra töten ließ, habe ich auf dich aufgepaßt, denn wenn ich auch nur dein Vetter bin, so bin ich alt genug, um dein Vater zu sein!« Und dann zog der Wollhändler den linken Fuß mit der Narbe wieder zurück und ließ sein Kleid darüber fallen.

Da sagte Jotam: »Warum hast du mir immer geholfen und bist mir nachgegangen bis in die Peststadt Aschdod, so wie ich der Lade gefolgt bin, die doch wohl nur ein leerer Traum gewesen ist? Wer hat dich dazu bestimmt, daß du deine Hand über mich gehalten hast und mein Schatten warst auf dem Weg durch mein ganzes Leben? Und warum habe ich es nie gewußt?«

Abigail aber lächelte, denn sie wußte es jetzt, daß Jotam nicht einer leeren Lade gefolgt war, einer Einbildung oder einem Traum.

Samuel aber richtete Israel sein Leben lang
und zog Jahr für Jahr umher
und kam nach Bethel und Gilgal und Mizpa.
Und wenn er Israel gerichtet hatte,
kam er wieder nach Rama,
denn da war sein Haus.
Als aber Samuel alt geworden war,
setzte er seine Söhne Joel und Abija
zu Richtern ein in Beerscheba im Süden Israels.

Abigail saß auf der Erde und hatte ihr Kopftuch halb über ihr Gesicht gezogen, fest drückte sie es an ihre linke Backe, denn sie hatte Zahnschmerzen. Jotam aber saß auf dem Stein neben der Tür, auf den Abigail ein Schaffell gelegt hatte.

Eine Gruppe von alten Männern betrat den Hof.

»Was wollt ihr?« fragte Abigail.

»Wir wollen zu Samuel.«

»Er ist müde und schläft. – Kommt morgen wieder!«

»Nein – wir wollen heute mit ihm sprechen!« sagte der älteste der Männer und setzte sich auf die Erde. Da setzten sich auch die anderen Männer. So ging Abigail in das Haus und weckte Samuel: »Es sind Männer gekommen – viele Männer! –, die wollen mit dir sprechen!«

Samuel stand auf von seinem Lager, auf dem er gelegen hatte, und ging vor die Tür seines Hauses. Abigail aber ging hinter ihm und hatte noch immer das wärmende Tuch an die Backe gepreßt.

Als Samuel auf der Schwelle stand, sah er, daß es die Ältesten Israels waren, die nun aufstanden und ihn ansahen. »Was wollt ihr von mir?« fragte er sie. Sie aber sprachen:

»Siehe, du bist alt geworden
und weißt nicht,
daß deine Söhne nicht in deinen Wegen wandeln!
Höre, was geschehen ist.«

Da setzten sich die Männer auf die Erde, und auch Samuel setzte sich, nur Abigail lehnte an der Tür. Einer der Ältesten aber war stehen geblieben und sprach:

»Es war ein Mann, der hatte einen Weinberg, der brachte ihm nur wenige Trauben. Da sah er, daß sein Nachbar in seinen Weinberg ging und von seinen Trauben aß; und als er sich sattgegessen hatte, pflückte er noch mehr Trauben, legte sie in einen Sack und trug sie nach Hause. Da ging der Mann, dem der Weinberg gehörte, zu Joel, deinem Sohn, und verklagte seinen Nachbarn – denn wohl darf ein jeder soviel Trauben essen, wie er mag, wenn er in den Weinberg seines Nächsten geht, aber er darf nichts in ein Gefäß tun und nach Hause tragen! Und als Joel, dein Sohn, die beiden Männer am Gerichtstag vor sich rief, wer bekam recht von ihm? Wie würdest du entscheiden?«

Da sagte Samuel: »Der Mann, der die Trauben in dem Sack nach Hause getragen hat, muß dem, der sie genommen hat, fünf Körbe guter reifer Trauben bringen!«

»Das ist *dein* Urteilsspruch, Samuel!« sagte der Älteste. »Aber Joel, dein Sohn, gab dem anderen Mann recht, denn dieser hatte ihm am Abend vorher ein Fäßchen Honig in das Haus gebracht!« Und dann setzte er sich.

Da stand der zweite Älteste auf und sagte:

»Es war ein Mann, der ging am Abend auf sein Feld, und weil er sich erleichtern wollte, stellte er sich hinter einen Baum. Da sah er seinen Nachbarn, der grub den

Grenzstein aus zwischen ihrer beider Felder und grub ein neues Loch – fünf Schritte weiter in das Feld hinein des Mannes, der hinter dem Baum stand – und setzte dort den Grenzstein wieder ein. Da ging der Mann zu Abija, deinem Sohn, und verklagte seinen Nachbarn, der den Grenzstein versetzt hatte, aber er bekam kein Recht, obwohl er ihm am Abend vorher einen Sack voll Körner in das Haus getragen hatte! Und weiß du auch, warum?«

Und als Samuel hilflos die Achseln hob, fuhr er fort: »Weil der Mann, der den Grenzstein versetzt hatte, Abija *drei* Säcke voll Körner am Morgen des Gerichtstages vor die Tür gestellt hatte!« Und dann setzte er sich.

Da stand der wieder auf, der als erster gesprochen hatte, und sagte:

»Siehe – deine Söhne suchen ihren Vorteil,
nehmen Geschenke und beugen das Recht.
So setze nun einen König über uns ein,
der uns richte,
wie ihn die Heiden haben.«

Da erschrak Samuel, hob beide Hände hoch und trat einen Schritt zurück in das Haus. Aber die Ältesten Israels erhoben sich ebenfalls und drängten sich vor der Schwelle, sahen sich um, ob sie auch niemand hören konnte, streckten dann die Köpfe vor und flüsterten:

»Wir brauchen einen König!«

»Nicht nur, daß er gerecht richtet!«

»Einen König, der uns von den Philistern befreit!«

»Unsere jungen Leute besorgen sich schon Spieße und Schwerter!«

»Obwohl doch die Philister alle Schmiedefeuer löschen ließen!«

»Sie kennen alle ihre Wachtposten...«

»...besonders bei uns im Süden des Landes!«

»Aber wer soll uns befreien aus der Hand dieser Philister?«

Und dann riefen sie in das Haus:

»Darum, Samuel – gib uns einen König!«

Da sagte Samuel:
»Ihr habt weder mich noch meine Söhne verworfen,
sondern habt Gott verworfen,
daß Er nicht König über euch sei!«
Aber sie weigerten sich,
auf Samuels Stimme zu hören,
und sagten noch einmal:
»Nein, ein König soll über uns sein,
daß wir seien wie alle Heiden,
daß er uns richte und unsere Kriege führe,
denn die Hand der Philister liegt schwer auf uns!«
Da sprach Samuel zu ihnen:
»Gehet hin, ein jeder in seine Stadt.«
Dann trat er in sein Haus zurück
und sagte alle Worte des Volkes, die er gehört hatte,
dem Herrn und weinte und klagte,
daß sie den Herrn verworfen hatten.
Der Herr aber sprach zu Samuel:
»Gehorche ihrer Stimme
und mache ihnen den zum König,
den ich dir senden werde!«

Abigail saß neben Jotam auf dem Schaffell und dachte: Wenn die Schmerzen morgen früh nicht fort sind, dann gehe ich zu Achan, der wird mir den Zahn herausziehen. Was macht es, daß ich dann fast keine Zähne mehr habe, ich werde das Brot in die Suppe tauchen!

Jotam aber hatte gehört, daß die Ältesten zu Samuel gesagt hatten: »Gib uns einen König, daß er uns befreie aus der Hand der Philister!« – Ja, ein König! War es erst gestern, daß *die Bäume einen König suchten?* Oder war es schon so lange her, daß sich heute niemand mehr daran erinnern konnte? – Jotam war müde, und auch er mochte nicht mehr daran zurückdenken. Abigail saß neben ihm, und das war das Wichtigste, alles andere war für ihn zusammengeschrumpft, war klein daneben und zu einem Nichts und ohne Bedeutung und Gewicht geworden.

Die schlohweiße Eselin

Siebzig Jahre war Jotam, und das Laufen fiel ihm noch immer nicht schwer. Täglich konnte er bis zum Brunnen vor der Stadt gehen, ohne daß Abigail ihn führte. Am Brunnen standen Olivenbäume, und Samuel hatte für Jotam eine Grasbank anlegen lassen, um ihm das schmerzhafte und mühsame Aufstehen von der Erde zu ersparen. Meist hatte Abigail ihm eine wollene Decke gebracht, die legte sie ihm über die Schultern, denn sein Rücken schmerzte ihn, sobald ihn auch nur der geringste kühle Wind traf. Hier am Brunnen gab es immer etwas zu sehen oder zu erzählen, denn die Frauen mußten warten, bis sie an der Reihe waren, den ledernen Eimer am Seil in den Brunnen fallen zu lassen und ihre Krüge zu füllen.

Jotam war in Rama ein alter Mann geworden. Keiner der Leute lächelte mehr darüber, daß er so klein war, denn er war Jotam, der Sohn Gideons aus Ofra, das wußten nun auch die Kinder. Und sie alle wußten von Gideon viele Geschichten, denn Jotam erzählte sie immer und immer wieder: von der Wolle auf der Tenne und dem umgestürzten Bild des Baal, von den Kamelen, die sie so erschreckt und die die Mutter Gideons totgetreten hatten, und von den Midianitern, die den Vater des Wollhändlers als Sklaven mitgenommen und an die Philister verkauft hatten. – Ja, auch den Wollhändler kannten sie alle noch in Rama. Zehn Jahre hatte er unter ihnen gelebt, bis er ganz schnell und ohne Schmerzen starb. Der blinde Arzt, der mit ihm in einem Haus gelebt hatte – gleich neben Samuels Haus –, starb dann schon am nächsten Tag.

So saß Jotam täglich am Brunnen von Rama, und die Bilder, die er sah, fielen wie die ledernen Eimer in die Tiefe. Sie fielen in die Tiefe seiner Erinnerung und stiegen wie sie wieder an die Oberfläche. Aber es waren nur kleine und unvollständige Bilder, die den Zusammenhang verloren hatten und nichts mehr für sein Leben bedeuteten. Was machte es noch aus, daß er atmete und hören und sehen konnte? Sein Leben erschien ihm wie eine leere Spindel, deren Faden verwebt ist. Und als er so dachte, da hatte ihn die Geschichte seines Lebens bereits wieder eingeholt, die Spindel drehte sich weiter und nahm das Ende seines Lebensfadens auf:

Denn es war ein Mann vom Stamm Benjamin
mit Namen Kisch,
der hatte einen Sohn mit Namen Saul,
der war ein junger und schöner Mann,
und es war niemand unter den Israeliten
so schön wie er,
eines Hauptes länger als das Volk.
Nun war aber die Herde seiner Eselstuten

auf der Weide ausgebrochen
und nicht zurückgekommen.
Da sagte Kisch zu seinem Sohn Saul:
Nimm einen der Knechte mit dir,
mache dich auf, gehe hin
und suche die Eselinnen.
Und sie gingen durch das Gebirge Ephraim
und das Gebiet von Schalischa
und fanden sie nicht,
sie gingen durch das Gebiet von Schaalim,
und sie waren nicht da,
sie gingen durch das Gebiet von Benjamin
und fanden sie nicht.

»Jotam – geh nicht immer so weit, ich weiß nicht, wo ich dich suchen soll, wenn du so spät nach Hause kommst!« sagte Abigail bittend.

»Du brauchst mich nicht zu suchen – ich finde allein den Weg nach Haus!« Jotam war verärgert. War er denn schon so hilflos, daß eine Frau ihn betreuen mußte, als sei sie seine Amme und er ein Säugling?

Aber Abigail machte sich Sorgen um ihn, denn wohl konnte er noch gut sehen und hören und, ohne zu ermüden, weite Strecken laufen, aber... Wie oft schon hatte er vergessen, wo er war und wohin er wollte! War es gestern oder am Tag noch davor, als er nach Rama zurückkam und auf der Straße fragte: »Wo ist hier die Straße nach Ofra?« – »Aber was willst du in Ofra, Jotam?« hatte man ihn gefragt. »Ich will nach Hause! Ist es noch weit bis nach Ofra?« – »Du bist doch hier in Rama zu Haus!« sagten ihm die Männer auf der Straße, die einen Kreis um ihn gebildet hatten. »Nein!« hatte Jotam geantwortet und den

Kopf geschüttelt. »Ich muß nach Ofra – ich bin in Ofra zu Hause – ist keiner hier, der mir den Weg zeigen kann?« Und seine Stimme hatte verzweifelt geklungen und gezittert vor Angst. Aber da hatte sie ihn schon gesehen, war zu ihm gelaufen, hatte den Arm um seine Schultern gelegt und zu ihm gesagt: »Jotam – ich habe so sehr auf dich gewartet.« Und er hatte geantwortet: »Nun bin ich doch zu Hause!«

So sah sie ihm auch heute mit Sorge nach, als er Rama verließ, eilig und zielstrebig, als habe er eine Verabredung und dürfe den anderen nicht warten lassen.

Samuel aber war in seinem Haus in Rama und sprach zu dem HERRN:

»Ich habe alles getan, was getan werden mußte,
denn du hast gestern zu mir gesagt:
Morgen um diese Zeit
will ich einen Mann zu dir senden
aus dem Land Benjamin,
den sollst du zum Fürsten salben
über mein Volk Israel.
daß er mein Volk errette aus der Hand der Philister;
denn ich habe das Elend meines Volkes angesehen,
und sein Schreien ist über mich gekommen!«

Jotam aber kam in das Gebiet von Zuf und setzte sich unter einen Ginsterstrauch, der am Rand eines felsigen Abhangs stand. Die Sonne schien heiß, und Jotams Atem ging flach. Müde war er, und seine Augenlider wollten sich schließen, als er sie im Tal tief unter sich sah. Und mitten unter ihnen seine Eselin, die schlohweiße und hochbeinige! Die Herde der Eselstuten duldete sie in ihrer Mitte, sie, die doch eine Wildeselin war und nicht zu ihnen, den Hauseseln, gehörte!

Als Jotam die weiße Eselin unter den braunen und grauen Eselstuten sah, schob sich die Vergangenheit – einem Erdrutsch gleich – über alles, was er bisher erlebt hatte, verschüttete es, begrub es unter sich und wurde zur Gegenwart, es gab sie nicht mehr, es gab nur noch das Heute, das, was heute war.

Jotam stürzte und stolperte den steinigen Abhang hinab, fiel auf die Knie, zog sich an Sträuchern und Knüppelholz wieder hoch und achtete weder darauf, daß seine Handflächen bluteten, noch daß sein Kleid zerriß.

Schreiend war die Herde der Eselstuten aus dem Tal geflohen, nur die weiße Eselin – die schlohweiße – stand ruhig und mit erhobenem Kopf und sah Jotam entgegen, der hinkend auf sie zuging.

»Meine Schöne, meine Beste – wo warst du so lange? Ich habe dich gesucht! – Komm, wir gehen nach Hause!«

Aber als Jotam sie besteigen wollte, schlug sie aus, traf ihn mit dem Huf vor die Brust und warf ihn zu Boden. Still und bewegungslos lag Jotam auf der Erde, die Eselin wendete den Kopf zu ihm, senkte ihn und beroch Jotam, hob ihn dann wieder – aber sie lief nicht fort, blieb bei ihm stehen.

Als Saul und der Knecht
in das Gebiet von Zuf kamen,
sagte Saul:
»Komm, laß uns wieder heimgehen;
mein Vater könnte sich sonst
– statt um die Eselstuten –
um uns sorgen!«
Der Knecht aber sprach:
»Siehe, dort in der Stadt vor uns

wohnt ein Gottesmann,
der in hohem Ansehen steht;
alles, was er sagt,
trifft sicher ein;
vielleicht sagt er uns, wo wir die Eselinnen finden!«
Da sagte Saul:
»Aber was schenken wir dem Mann dafür,
unser Brot haben wir aufgegessen!«
Da sagte der Knecht:
»Ich habe einen Viertel-Silbertaler bei mir,
den wollen wir dem Mann Gottes geben,
daß er uns unseren Weg sagt!«
Da sagte Saul:
»Du hast recht geredet, komm, laß uns gehen.«

Und als sie in das Tal kamen, sahen sie die Eselin, die schlohweiße, und Saul rief: »Sieh – eine Wildeselin! Noch nie habe ich eine weiße Eselin gesehen!«

Da sagte der Knecht: »Wir wollen sie fangen! Denn bringen wir deinem Vater die verlorene Herde nicht, so ist er durch sie entschädigt, denn nur Könige reiten auf weißen Eseln!«

So schlichen sie sich beide an die Eselin heran, ohne daß ein Zweig unter ihren Füßen brach oder ein Stein den Weg herabrollte. Als sie nun nahe an die Stelle kamen, da die Eselin stand, flüsterte der Knecht: »Sie rührt sich nicht, als wäre sie aus Stein, und kein Haar ihres Fells bewegt sich im Wind!«, und Saul und der Knecht erhoben sich im Gras. Da wendete die Eselin ihren Kopf und sah sie an, ohne zu fliehen. Da sagte Saul:

»Hinter der Eselin liegt ein Mensch auf dem Boden. Laß uns hingehen und sehen, wer er ist. Vielleicht ist es keine wilde Eselin mehr!«

Als sie näher kamen, sahen sie Jotam, der genau in diesem Augenblick die Augen öffnete und die weiße Eselin sah, die hoch über ihm in den Himmel ragte. Und er sah Saul und den Knecht und fragte sie, ohne erschrocken zu sein:

»Wo wollt ihr hin? Wen sucht ihr hier?«

Da sagte Saul:

»Wir wollen zu dem Gottesmann – in dem Ort dort unten!«

»Was wollt ihr von ihm?«

»Wir haben etwas verloren, vielleicht kann er uns helfen, es wiederzufinden.«

Jotam sah eine Weile mißtrauisch auf Saul und auf den Knecht, und dann sagte er und lächelte dabei:

»Ich glaube nicht, daß ihr mir die Wahrheit sagt! – Ich weiß, warum ihr zu Samuel wollt, ihr sucht einen König!«

»Einen König?« rief der Knecht.

»Ja, ich weiß es, denn ihr seid wie die anderen Männer, die vor drei Tagen bei Samuel waren. Und nun wartet ihr auf die Antwort Samuels!«

»Warum sollten wir einen König suchen?« Saul verstand nicht, was der zwerghaft kleine Mann meinte.

»Damit er uns von den Philistern befreit! – Aber nun helft mir auf meine Eselin – eigentlich ist es meines Vaters Eselin – er wird schon auf euch warten!« Und dabei erhob er sich mühselig und sah, daß seine Handflächen blutig und sein Kleid zerrissen war. Da sagte er leise und schuldbewußt zu Saul:

»Meine Mutter wird schelten, weil ich mein Kleid zerrissen habe – ich weiß gar nicht, wie das geschehen ist –, aber nun kommt, damit es nicht dunkel wird!«

»Aber wir wollen nicht zu deinem Vater, wir wollen zu

dem Seher, dem Gottesmann! Wir haben unsere Eselherde verloren!« sagte der Knecht ungeduldig.

»Ich bringe euch zu dem Seher, dem Gottesmann, er heißt Samuel – ich sagte es euch ja schon –, und er wird Gideon zum König über Israel salben – wie er es den anderen Männern vor drei Tagen versprochen hat!«

»Gideon?« fragte Saul.

»Ja – und diesmal wird mein Vater es nicht ablehnen, Israels König zu werden – und wenn er gestorben ist, dann werde ich König an seiner Statt – ich muß nur noch etwas wachsen!« Dabei sah er voller Bewunderung an Saul hinauf. »Bis ich so groß bin wie du! – Ich werde doch noch wachsen? Das denkst du doch auch?« Angst und Bitte lag in seiner Stimme, und dann senkte er den Kopf und setzte leise hinzu: »Meine Mutter glaubt es nicht mehr.« Und dann zornig und erregt: »Aber ich will noch wachsen, ich will so groß werden wie du – denn der HERR spricht nicht mit mir, weil ich zu klein bin!« Wieder sah er zu Saul auf: »Hat der HERR mit dir gesprochen?«

Saul schüttelte den Kopf und sagte: »Nein – noch nie.«

Da legte Jotam seine Hand auf den Ärmel Sauls, denn Saul hatte der Eselin seinen ledernen Gürtel um den Hals gelegt und führte sie – die sich so willig leiten ließ, als wäre sie diesen Weg täglich durch viele Jahre hindurch gelaufen – und sagte tröstend:

»ER wird noch mit dir sprechen, sicherlich wird er mit dir sprechen – ER hat dich längst gesehen, nur über mich sieht ER immer hinweg!« Und dann senkte er mutlos den Kopf.

Samuel aber war in seinem Haus und sprach zu dem HERRN:

»Das Volk ist auf der Höhe versammelt, das Opferfest ist vorbereitet, die besten Stücke des Schafes – die Keule und der Fettschwanz –, die ich dem Koch gab, hat er beiseitegelegt und aufgehoben, aber der, auf den ich warte, und den du zum Fürsten über Israel bestimmt hast, er kommt nicht!«

Und er fuhrt ratlos fort:

»Sollte ich wirklich das Opferfest vorbereiten? Sollte ich wirklich das Volk dazu auf die Höhe einladen? Wird er, auf den ich warte, wirklich kommen? Woher weiß ich das, und *wer* hat es mir gesagt?«

Und weiter sprach er zu dem HERRN:

»Hast du meinen Geist verwirrt und narrst mich mit einem Trugbild? Gibt es ihn vielleicht gar nicht, den ich zum Fürsten über dein Volk salben soll? Willst du uns doch in der Hand der Philister lassen?

Ach, HERR, was soll ich ihnen sagen, wenn ich heute ohne den zu ihnen komme, den sie alle erwarten?«

Samuel schlug sich mit den Fäusten an die Stirn und griff dann in den Ausschnitt seines Kleides und zerriß es bis über die Brust und haderte mit dem HERRN:

»HERR, du hast mich
zum Gespött meiner Nachbarn gemacht!
Sie werden meinen Namen schmähen,
und mit meinem Namen
werden sie ihre Feinde verfluchen.
Denn du hast mir einen Auftrag gegeben
und mich zu deinem Diener und Boten gemacht.
Aber dein Auftrag ist wie der Nebel,
den die Sonne am Mittag frißt,
und wie Rauch, den der Wind verweht,
denn es gibt ihn nicht.

Und so bin ich weder dein Diener
noch bist du mein Herr,
denn was du sagst, geschieht nicht,
und was du ankündigst, trifft nicht ein!
Ich bin nur eine Eule in der Einöde,
ein Käuzchen in den Trümmern,
bin ein einsamer Vogel auf dem Dache!
HERR, du mein Gott!«

Abigail öffnete die Tür des Hauses und trat auf die Schwelle. Da sah sie Jotam, auf einer weißen Eselin, und zwei Männer, die sie führten, und lief ihm entgegen.

Samuel aber nahm die Hände von seinem Gesicht, das er hinter ihnen verborgen hatte, und ging zur offenen Tür.

Da rief Jotam: »Seht – das ist der Mann, von dem ich euch gesagt habe!« Und er rief es mit heller Stimme. So hell und stark war seine Stimme wie damals, als er auf dem Garizim gesungen hatte, und alle in Sichem hatten ihn gehört.

War es die Sonne, die Samuels Augen blendete, die ja so lange in dem dunklen Raum hinter den Händen verborgen waren? Oder waren es die Tränen in seinen Augen, die ihn Jotam nicht erkennen ließen? Oder waren seine Ohren noch immer mit seinen Klagen gefüllt? Denn Samuel hörte es laut und deutlich:

»Siehe, das ist der Mann,
von dem ich dir gesagt habe!«

Er wußte nicht, wer es gesagt hatte, doch er hatte es gehört, und das war genug.

So nahm er Saul und seinen Knecht
und führte sie in die Halle auf der Höhe
und setzte sie obenan unter die Geladenen.

Und als die Morgenröte aufging
– und alle Gäste längst gegangen waren –,
nahm Samuel den Krug mit Öl,
goß ihn auf Sauls Haupt,
küßte ihn und sprach:
»Siehe, der HERR hat dich zum Fürsten
über sein Volk gesalbt!
Und der Geist des HERRN wird über dich kommen!«
Und als Saul sich wandte,
um von Samuel fortzugehen,
gab ihm Gott ein verwandeltes Herz.
Und Saul kehrte zurück zu seinem Vater.
Aber was Samuel gesagt und getan hatte,
sagte er ihm nicht.

In dieser Nacht starben Jotam und Abigail.

Als Samuel am Morgen die Tür zu ihrer Kammer öffnete, lagen sie beide nebeneinander auf dem Lager und hielten einander an der Hand. Abigails Lederkappe lag neben ihr, und die kupferne Scheibe schimmerte über dem weißen Haar.

Da begrub sie Samuel in Rama neben dem blinden Ägypter und dem Wollhändler, der ihnen beiden ein Vater gewesen war.

So starb Jotam in der Nacht, in der der letzte Richter Israels den ersten König Israels salbte, und war an seinem letzten Lebenstag zu einem lebendigen Baustein der Geschichte Gottes mit seinem Volk geworden. Nur wußte er es nicht, aber er war es, denn Gott hatte ihn dazu gemacht – und die Größe der Steine spielt dabei keine Rolle.

Die weiße Eselin aber verschwand in dieser Nacht, und niemand hat sie je wieder gesehen.

Nachwort

Noch einige Worte am Schluß,
denn sicherlich sind für Sie Jotam, Abigail und Gideon die Hauptpersonen dieser Erzählung gewesen; und ursprünglich waren es ja auch die Gestalten der Richterzeit, die mich dazu gereizt hatten, über sie zu schreiben: Jefta, der dem HERRN als Brandopfer gelobt, was ihm aus seiner Tür entgegenkommt, wenn Gott ihn heil aus dem Kampf gegen die Ammoniter nach Hause kommen läßt – und der dann seine Tochter opfern muß! Oder Simson, der langlokkige, dem im Schoß der Geliebten die Locken abgeschnitten wurden und dessen Kraft nun von ihm gewichen war, so konnten die Philister ihm die Augen ausstechen! Oder Jael, die Frau Hebers, die sich mit einem Zeltpflock in das Zelt schleicht und dem schlafenden feindlichen Hauptmann Sisera den Pflock mit einem Hammer durch die Schläfe bis in den Boden treibt! Aber es ging nicht, es ging wirklich nicht..., denn ich fürchtete mich davor, unter der Gewalt der Bilder in die Knie zu gehen und den theologischen Faden zu verlieren. Nun stehen im Mittelpunkt dieser Erzählung nicht Personen, sondern eine *Zeit:* die *Richterzeit.*

Es ist die Zeit zwischen der Einwanderung einzelner Stämme und ihrer Verschmelzung mit den Stämmen, die wohl Kanaan nicht verlassen hatten, die aber bestimmend geprägt wurden von denen, die aus Ägypten ausgezogen waren und das Erlebnis ihrer Gottesbegegnung am Sinai (Horeb) mitbrachten. Wie aus dem »Gewusel« von Nomaden, Ackerbürgern und den im Lande ansässigen Kanaanäern in einem langen krisenreichen und schwierigen Gebärprozeß das wurde, was wir als das Volk Gottes »Israel« nennen, läßt sich kaum auch nur andeutungsweise formulieren. Aber ein lebendiger Wachstumsprozeß muß es gewesen sein, denn Israel scheint eben nicht als eine fix und fertige Größe über den Jordan eingewandert zu sein, es ist in Kanaan erst dazu geworden, und dies eben ist die Richterzeit, die dadurch die wichtigste Zeit des Volkes Gottes ist und die faszinierendste seiner Geschichte. Vielleicht könnte man sie die zweite, die geistliche Schöpfungsgeschichte nennen. 1250 (1230?) – 1012 v. Chr. (Salbung Sauls zum König).

Und doch konnte ich eben nur durch Personen diese Zeit lebendig werden lassen: JOTAM und GIDEON. Doch für beide lassen sich keine Jahreszahlen angeben. Nur daß Gideon nicht vor 1100 gelebt haben könnte, da erst dann mit dem Abschluß der Zähmung der Kamele in Palästina gerechnet werden kann. Und wie hätte Gideon gegen die Midianiter und ihre Kamelreiter kämpfen sollen, wenn diese sich noch nicht satteln ließen? Von Jotam wird uns in der Bibel nur an drei Stellen berichtet: daß er »übrig blieb, denn er hatte sich versteckt«; daß er auf dem Garizim das Lied von den Bäumen sang, die einen König suchten (und das etwa 180 Jahre später entstand) und daß er danach nach Beer floh. Alles, was darüber hinaus in der Erzählung von ihm berichtet wird, habe ich mir ausgedacht. Dagegen sind archäologische Details nicht erfunden, sondern gefunden; die biblischen Texte finden Sie im Buch der Richter Kapitel 6–9 und 1. Samuel 1–10.

Warum aber ist Jotam zwergwüchsig? Dieser jüngste Sohn Gideons ist in unserer Erzählung kein Kleinkind mehr, denn wie hätte er sonst vom Garizim aus laut das Lied der Bäume singen können, daß es alle Bürger Sichems hörten? So suchten ihn die Männer des Mordkommandos überall da, wo sich ein junger Mann verstecken konnte – und da sie ihn nicht fanden, mußte sich Jotam an einer Stelle versteckt haben können, wo er sich seinem Altar nach nicht verstecken konnte – wohl aber seiner Größe oder eben seiner Kleinheit wegen! So kam ich auf den zwergwüchsigen Jotam, dessen Leben darin bestand, dem unsichtbaren und verborgenen HERRN nachzulaufen, damit er ihn in seinen Dienst nimmt. Jotam, der trotz seiner körperlichen Unscheinbarkeit ein – erlauben Sie mir dies altmodische Wort! – tapferer Junge und Vater vieler ansehnlicher Söhne war und der von seiner Kindheit an bis zu seinem Tod nicht aus einer engen Tuchfühlung zu Gott herausgekommen ist. Denn wie können wir die Hände nach ihm ausstrecken, wenn wir so weit, weit von ihm entfernt sind, als gäbe es ihn nicht? Unter der Verborgenheit Gottes konnte Jotam nur leiden, *weil* er ihm nahe war.

Und nun noch zum »Ebbe-und-Flut-System« in bezug auf die Sprache und die Folge der Kapitel: Zwei Textgestaltungen wechseln einander ab: die biblischen Zitate, die Ihnen als solche bestimmt aufgefallen sind, und die freie, von mir erdachte Erzählung. Auch wenn beide sprachlichen Formen oft ineinander überzugehen scheinen, so sind die Zitate – vorwiegend in der Übersetzung Luthers – deutlich zu erkennen und von der freien Erzählung abgesetzt. Ich meinte, daß das biblische »Quellenmaterial« nicht besser, nicht eindrucksvoller und nicht wirksamer und aussagekräftiger als in dieser Formulierung zu verstehen ist. So möchten die Zitate – in ihrer gekürzten Form – eine Hilfe für Sie sein, die Dramatik der biblischen Sprache und im besonderen der des Alten Testamentes (des Ersten Bundes) zu erspüren. Denn jede Erlebnismöglichkeit

braucht den Wechsel, um nicht abzustumpfen und zu schrumpfen, deshalb folgen auf Erzähltexte in »gehobener«, feierlicher, in »liturgischer« Sprache Texte, die in normalen Worten von ganz menschlichen, ja harmlosen Dingen berichten und die wieder einmünden in eine »gebundene«, eine rhythmische Sprache, so wie auf den Tag die Nacht folgt und die Ebbe auf die Flut. Wäre es nicht so, wir würden vielleicht nicht lange überleben können. Bitte geben Sie sich beim Lesen bewußt und erwartungsfroh diesem sprachlichen Wechsel hin, so werden Sie sicherlich vom distanziert beobachtenden Leser zu meinem kreativen Mitarbeiter – und das wünschte ich mir!
Ihre
Maria Poetschke.

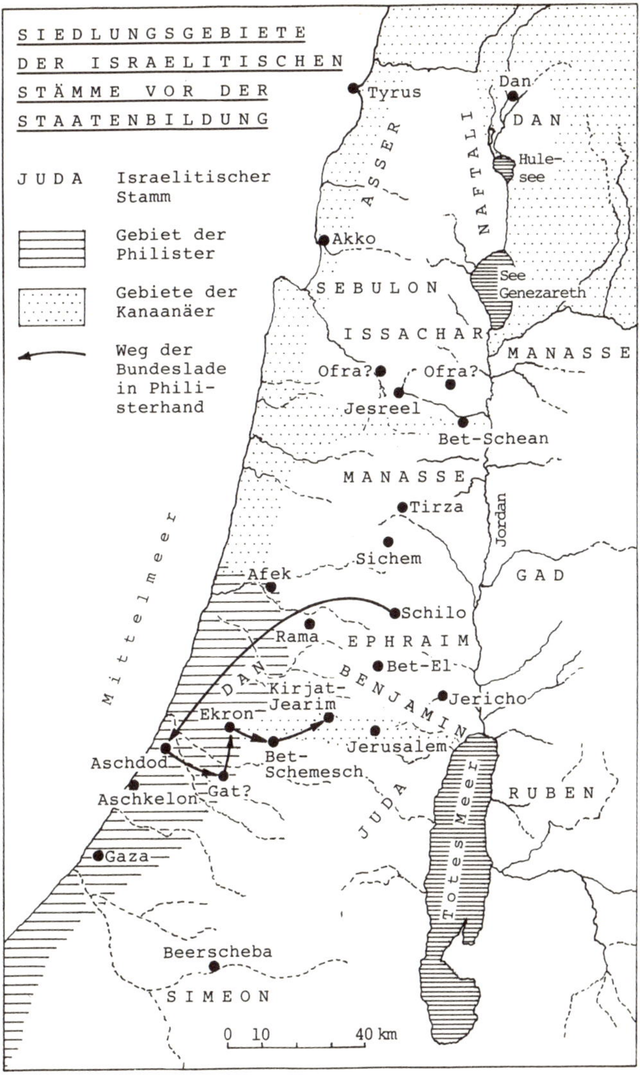

SIEDLUNGSGEBIETE
DER ISRAELITISCHEN
STÄMME VOR DER
STAATENBILDUNG
JUDA Israelitischer Stamm
Gebiet der Philister
Gebiete der Kanaanäer
Weg der Bundeslade in Philisterhand
Tyrus
Dan
DAN
ASSER
NAFTALI
Hule-see
Akko
See Genezareth
SEBULON
ISSACHAR
MANASSE
Ofra?
Ofra?
Jesreel
Bet-Schean
MANASSE
Tirza
Jordan
Sichem
Mittelmeer
Afek
GAD
Schilo
Rama
EPHRAIM
Bet-El
DAN
BENJAMIN
Kirjat-Jearim
Jericho
Ekron
Jerusalem
Aschdod
Bet-Schemesch
Gat?
Aschkelon
JUDA
RUBEN
Totes Meer
Gaza
Beerscheba
SIMEON
0 10 40 km

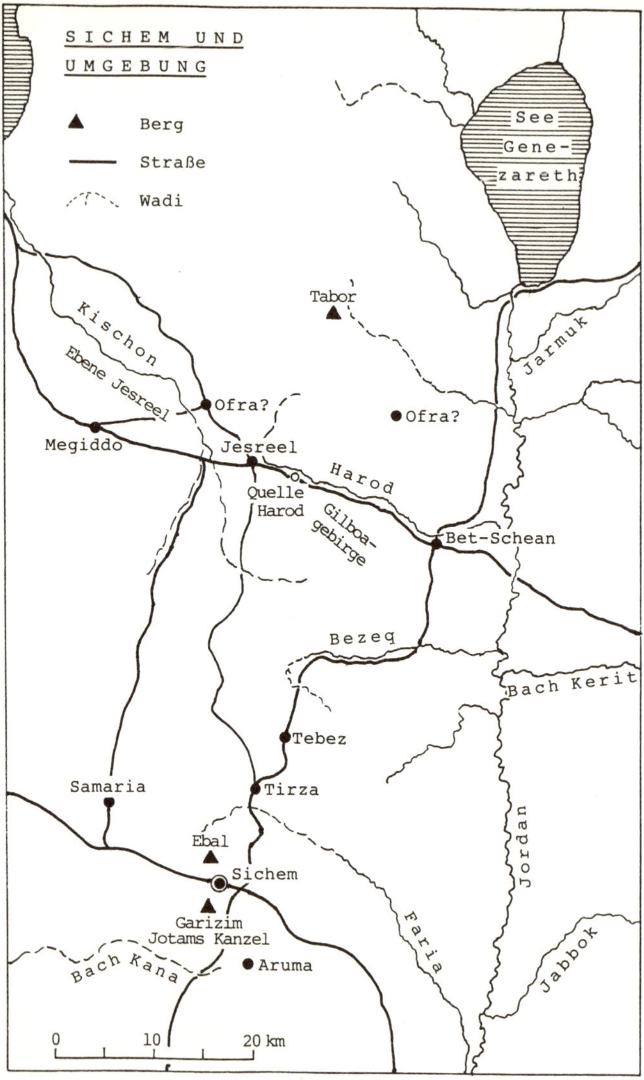
SICHEM UND UMGEBUNG
Berg
Straße
Wadi
See Genezareth
Tabor
Kischon
Ebene Jesreel
Jarmuk
Ofra?
Ofra?
Megiddo
Jesreel
Harod
Quelle Harod
Gilboagebirge
Bet-Schean
Bezeq
Bach Kerit
Tebez
Samaria
Tirza
Ebal
Sichem
Jordan
Garizim
Jotams Kanzel
Faria
Jabbok
Bach Kana
Aruma
0
10
20 km